梁金山

鲁毅 著

后浪

四川文艺出版社

图书在版编目（CIP）数据

梁金山 / 鲁毅著 . -- 成都：四川文艺出版社，
2019.8
ISBN 978-7-5411-5080-7

Ⅰ . ①梁… Ⅱ . ①鲁… Ⅲ . ①短篇小说—小说集—中
国—当代 Ⅳ . ① I247.7

中国版本图书馆 CIP 数据核字 (2019) 第 088161 号

LIANGJINSHAN

梁金山

鲁 毅 著

选题策划	后浪出版公司
出版统筹	吴兴元
编辑统筹	朱 岳　梅天明
责任编辑	周 轶
特约编辑	朱 岳　孙皖豫
责任校对	汪 平
装帧制造	墨白空间·黄海
营销推广	ONEBOOK

出版发行	四川文艺出版社（成都市槐树街 2 号）
网　址	www.scwys.com
电　话	028-86259287（发行部）　028-86259303（编辑部）
传　真	028-86259306

邮购地址	成都市槐树街 2 号四川文艺出版社邮购部 610031
印　刷	北京天宇万达印刷有限公司
成品尺寸	130mm×210mm　　开　本　32 开
印　张	4.75　　字　数　100 千字
版　次	2019 年 8 月第一版　　印　次　2019 年 8 月第一次印刷
书　号	ISBN 978-7-5411-5080-7
定　价	32.00 元

目 录

世界 1、2、3

——对人称代词的使用

人称代词是代替人或事物名称的代词。

人称代词分为以下三类：

Ⅰ 第一人称代词

Ⅱ 第二人称代词

Ⅲ 第三人称代词

另外，人称代词"我"、"你"、"他"有时用于虚指，与具体人物没有必然联系。例如：

电脑突然死机了，大家你看看我，我看看他，不知该怎么办才好。

除了上述三类代词外，人称代词中还有反身代词"自己"（口语中常用"自个儿"）、双称代词"彼此"和总称代词"大家"（口语中常用"大伙儿"）。这三类人称代词既可以单独使用，也可以放在上述三类人称代词后面。例如：

我自己　你自己　他自己　她们自己　他们自己

我们大家　咱们大家　我们彼此　你们彼此

在麦当劳工作两年之后，我决定买一台电脑。就是因为晚上太无聊。但是钱又不够，而且我还想国庆长假期之后出去走走。去哪呢？我也不知道，再说吧。明天还要上早班。我的寻呼机、我的闹钟、我妈的闹钟，三个都放在床头。差不多的时候如果想起床就起床了。有时三个听过后还在睡，但一般是一两个闹钟响过了就马上起床，有时候要三个闹钟都响了才爬起来。上班时间是七点？八点？九点？我忘了。待会要查一下。也许是六点也不一定。那五点半就得起床，听到铃声马上跳起

因为是冬天，尤其是在西伯利亚冷空气南下造成的持续低温天气中，车窗紧闭，并且挤满了人。伸直的左手仅够到吊环，右手放在牛仔裤的后袋上，背上的背包使身体在唯一的一个方向上与人隔开，但也能感受到来自同一个方向的压力。有人在咳嗽，在打喷嚏，也许是同一个人，也许有好几个人，声音来自可能的各个方向，

一段下坡并且带有微微弯道的路面把他们带至另一条更小的柏油路。中间高，两边低，一不留意就发现不了这个细微的差别。更为明显的是两边高大的植物——细叶桉？——使得路面变得狭窄和阴凉。阳光在树梢上晃动，也在枝叶间。他们不用踩动，只需手扶车把就可以滑动好长的一段距离。直到刚才的惯性消耗殆尽时才并不情愿地使劲踩踏了一下。再一下。

两人分别骑着男、女式自行车。车轮的转动保持了均匀的速度。在一开始时，总会出现一前一后的状况。

来刷牙洗脸后马上飞车去吃早餐。五分钟之内吃完"妈仔"，再去上班。只吃"妈仔"。回去后戴领结，戴名牌，涂口红。口红是自己买的，没有规定是什么颜色。进去后上班、打卡，打完卡，找经理报到，报到后，马上装机，就是装新地的那台机。那儿有很多零件，怎么说呢？就是将胶圈套进转动轴那儿等等。这些都是要考试的，但是只考操作，不考笔试。这些机器我们晚上都要拆开，放进消毒液里消毒，早上所有的机器都要装上。大家分

有时候就在附近。也许别人的右手或前胸就靠在你的后背或右手上，和你只隔了——在肌肤上是五至六件衣服，或薄或厚；在半空里，也许就在你的耳后，或者是左脸颊的左面——声音仿佛来自那里，甚至还可以感受到之前是一阵呼气，然后是一股猛烈的，突然的气流的袭击。还有一些口水沫沾在了脸上。因为司机同时来了个急刹

他为了保持两车的平行前进费了不少的力气，直至最终达到协调一致的步调，他才放心地转过头去看身边的女友和旁边收割过后的田野风光。

　　然后奇怪的是柏油路消失了，等到他们发现这一点时已经是费劲地行驶在颜色淡黄的细沙路面上了。这时候，她落在了后面。她盯着前面车轮细小的辙印，马上超越了过去。这是在他停下等待的时候。于是又开始了一段不断调整的路程，就像出门时行经市区的中心大道一样。这样的状况也发生在行驶到市郊时。

　　一直是平缓的路面和两边只留下茎秆的田地。茎秆

头行事，做好一切准备工作。新地机早上要装奶，要用新的奶，不能用晚上回收的奶。晚上收铺时，剩下的奶能用的就回收，不能用的就倒掉它。

七点开门。有人进来。有学生，也有其他人。一般是单个的人，零零星星，反正不会没有人。人少的时候我在清洁，检查有什么还没有做好，有什么遗漏的之类。还要检查餐厅有其他什么问题。有不清洁的地方，叫人搞干净。桌子等地方用消毒水抹一遍，检查餐厅内的东西是否整齐。检查有什么需要别人做的。上早班的时候是一个游魂，默默在做，不需要什么心情。如果和你一

车，你甚至来不及回过头或侧过头去看看到底是谁。汽车在停站之后继续向前行驶，有时候向右拐，或向左拐，停靠在另一个站，下一站距离终点站还有两站的距离。

不断地有人上车下车，不断地感受到挤压，不断地有人咳嗽，也许是同一个人，也许是另一人，总是在你的身边，有时候在你的耳际。有人在紧急刹车时把你当

也只留下了不到十厘米的高度，齐刷刷地间隔分布着。地面被晒干了，显得黑油油的，绵延成一大片，直至远处的低矮山岭。中间分割田地的泥路看见几只跳动着的小麻雀，在横生的灌木和草丛中出现和消失。远处的小山坡经过一段时间的行驶，现在逼近眼前。它的缓坡代替了之前宽阔的田地。几天前的暴雨（一场台风过后）冲刷出了浅沟。一些碎石和枯枝草叶堆积在路边的排水沟里。两旁的树木消失了，他们一下子暴露在强烈的光

起开店的人熟练，就什么都不用管，等他们全做完了再去检查，如果他们不是很熟练，就要步步跟着，追踪、提醒他们。到了七点钟，他们在卖东西，但你就要去把所有东西检查一遍。我是黄牌，也就是训练员，要教新手。不止教新手，还要要求每个人做到标准。有一个中年男人经常戴一顶帽，就是那种帽，不是工人帽，不知道那是什么帽，反正就是那种帽，圆圆的，前面有一些帽檐，泥色的。他很"香"，有一种怪味。不是香水味，一种怪味。衣着并不光鲜，高高瘦瘦，眼很大，好像有一颗痣在左边。他一个人，经常带一张过期的优惠券来

作了扶手，整个人或一双绷紧的手猛地撞击你的身体，其中的一人还把手撑到你的脸上。

很快车彻底地停稳，所有的人都下了车，你是最后一个离开。左手从吊环中松开，有些僵硬，右手似乎没有那么严重。

在车门口稍稍停留了一会儿，五到十秒。空气中飘满了灰尘，在中午的阳光下清晰可见。

照中。山上茂盛的植物这时候似乎吸引了他们的视线。他们马上在边上停靠了自行车——两辆车紧紧地挨在一起——一前一后地向山上爬去。他不时地回过头去伸手拉她一把。

他们两人一前一后到达山顶，从一路上躬伏的姿势恢复到挺直的身体，都不约而同地向后仰，活动了一下腰肢。现在，一声不吭地眼望前方。山下由砖瓦平房开

买东西。有时吃热香饼。因为他身上的味道很怪，在门口时已经让我们避之不及了。他几乎每天都来报到，但从不和我们说话，只是买东西时说两句，买完东西自己一个人吃。他在我们的柜台周围走，有时吃到一半也到处走走，回头再吃，有时会添一些什么东西。没有人留意他。下午三四点的时候你就会见到陈解、马明和张天，几乎一星期两到三次。更多的时候，是陈解和张天在一起。如果我在外面的话，他们会和我搭讪两句。他们老是躲在餐厅最里面的一个角落里，那个位置可以一览麦当劳的全景。有一次经过他们身边，突然听到"芳芳"两字，紧接着他们看到我站在旁边，马上不作声，继而

在早晨柔和的日光下，灰尘的密度还不至于使人感到难受，刚一出门，你已经投身其中。大门似乎没有上锁，有人离开时，厚重的铁门自动地、缓慢地往回靠，也许要借助于某人的力量才能"砰"的一声关上，锁舌缩回又猛地弹出。现在，只要轻轻地一推，在身体前行的冲力下，门打开了，你没有片刻停留，保持了行走时的一贯动作，来到室外。

始，边上是几口鱼塘，再往前可以说得上是广袤毗连的，也是被收割过后待晒干了的农田，一直到远处起伏的低矮山岭。中间划分成不均等田地的田径上零星栽种着树木，还有蓬松的灌木及杂草。在下午的阳光下，这一切都清晰地映入眼帘。绿色和黑色，以及两者的互相混合，互相渗透，在边缘出现渐缓的过渡等等。

哗笑起来。更多时候他们鬼鬼祟祟，指指点点。他们一定是在谈论我，我知道。有一次张天还用手摸了我的手臂，说真滑啊。可是他们几乎从来没有约过我外出。唯一的一次是在肥婆大排档上，他们在喝酒，时间已经很晚了，三点或四点。我刚收拾好东西离开麦当劳。这是一班同事习惯去宵夜的地方。我被叫过去，结果喝了两瓶啤酒，还差点醉了。说真的，那天晚上他们两个都表现得出奇地好。陈解送了我回家。在床上，我似乎觉得有点什么，似乎也没什么，也许就这样睡着了。

一般工作三小时后休息半小时，吃工作餐。早上吃猪柳蛋、奶茶、咖啡或热朱古力，晚上吃鸡翼、芝士汉

门在身后缓慢地来回摆动。

在床上回忆起从楼梯上下来到推门外出的一系列动作。

之前打了一个电话，对方的声音变得暗哑和带有严重的鼻音，有那么一两句话在一阵近乎于低鸣的声音中，难以辨别。把电话挂上，你还站在桌前努力回想这声音模糊却又似乎颇为重要的两句话，包含了某个时间？还

他们站在松树的阴影里，透过枝叶稀疏的阳光形成光斑遍布全身。脚底的草皮伸延进四周的灌木丛中，偶尔会被蹿动的软体动物惊扰了，抖动着。来不及看清它们的身形和颜色。

两人不约而同地选择了在树旁坐下，靠向松树粗糙表皮的树干，一直拉着手。也许是出于长途骑行的疲倦，

堡、可乐、新地和派。冬天喝的饮料也是可乐。天天吃麦当劳真腻味！我不在麦当劳吸烟，在休息室说说话，看看有什么新的信息。墙上有几张板报，那是一个报告栏，有什么新的信息，什么推广活动之类全贴在那里。

我参加过哄小朋友的生日会。首先清理场地，用彩带围好，蜡笔、帽子、小朋友的礼物、抽奖箱之类玩游戏需要用的东西都要准备好。然后客人自由入座。一般有两个公关和一个员工辅助。客人到来后会点东西吃，这时需要一个人在那儿记账，看他们要吃什么。平时去吃麦当劳是直接给钱买东西的，但生日会是先吃东西后付钱。他们陆陆续续地要东西，我们的公关等他们吃得

有地点？对方的情绪无疑也影响到了你的反应。被动，迟缓……

在桌前一动不动，直至转身向后……

在洗手间里，镜中反映出来的相反的成像，脸上同样沾满了水珠，甚至发梢上，连身上的浅黄色毛衣上也有。

之前花洒的喷头还淋湿了身体，从头上浓密的头发涌起的泡沫，直至全身。似乎置身于海边，在海浪翻滚

也许是出于陶醉于眼前的美景，也许只是为了更亲密地依靠在一起，也许是以上种种，他们互相依靠并且靠在树干上。他的左肩和左肋，她的右肩和右肋。

她渐渐地把头靠向了他的肩膀，身体也变歪斜，移了位，现在紧挨在他的胸前。他不得不随着她的变动而改换了姿势：支起了右腿，把右手垫在上面，为了支撑

差不多了，就开始玩游戏。唱生日歌啦切蛋糕啦，蛋糕是他们自己买的。玩游戏，送礼物。我没有和他们一起玩过游戏，是公关和他们一起玩的。还不错。

买东西的人多的时候，只想快点、快点、快点。如果别人态度好，心情就会好；如果别人态度不好，心情就会不好。他们一般会说，小姐到我啦。紧张一点的？怎么说呢？喂你怎么干活的？还卖不卖东西啊？在你这里吃一顿这么辛苦，排几十个小时的队。不好意思，其他人都是这样等的，请稍等一会儿好吗？其实按标准来说，没理由让别人等那么久的。我们的标准是客人在柜

的冲刷下，不断地涌起和堆积着泡沫，在海水与浅滩相接的边缘。再一次冲洗干净，直到电话铃声催促着离开。身上披了一条毛巾，只能遮住腰臀以上的后背，一边走一边抖落水珠，拖鞋在地上留下了一个个水印。风从窗台进来直接吹在身上，温度下降至一个危险的界限，毛孔收缩，皮肤的表面一下子变得粗糙和不平起来。没有人在线路的另一端，已经挂断，再打过去时只听到一直鸣响的铃声。也许是一个公用电话，马路边上的电话亭

起越来越沉重的依靠。接下来，她握着他的右手，把它往自己的胸前引导。先是揭开紧贴着脖颈肌肤的丝质领口，再向下，到达胸前隆起的地方，柔软的，把手掌整个地罩在了上面。他轻轻地揉弄着，在更加细小但同样圆润的顶端。皮肤的表面是一层细细的汗水。由此而唤起的情欲使得他显得有些急不可耐：把她放倒在草地上，

台前的等候时间不超过两分钟。所以是不会等很久的。

到晚上收店时先是预收，就是将不用的东西收回去。不需要用到的，需要清洗的东西全部拿出来。到正式收店时，把所有电源关掉，所有东西拆出来冲洗、消毒。然后抹台、扫地、拖地，将所有冲洗好的东西放回原位。或者放在旁边，方便明天开店的员工使用。

完了之后一般会去吃宵夜、聊天或者看星星。看星星？那是别人的事，我只跟在后面发呆。

去肥婆大排档吃宵夜。吃炒粉、粥，有时会喝一点啤酒。

有一次我骑单车回家，搭着一个同学。我的单车一直是没有刹车的，在一间卖锁铺的门前撞上了一个疯子。

里，有人把电话挂断，显然缺乏必要的耐心，并且马上转身离开。铃声被喧闹的市声完全淹没。

你下车并且停留了片刻，然后走出车站，你留意到马路边上的电话亭，漆成墨绿色，一边一个像左右车道一样形成对称。有人迎面而来，有人从后面赶上，有人经过时碰触到身体，似乎没有人看你一眼。

不是脱而是把衣服扒掉。在情急之下，听到"嘶"的声响，也许是在领口或腋下产生了裂口；再接下来，把牛仔裤褪到脚腕处时遇到了麻烦，整条裤子卷成一团，手忙脚乱的难以行动。他整个趴在她的身上，用膝盖稍稍顶开了合拢的双腿。他的裤子也仅脱到了脚腕处，直接地进入了她的体内，开始有些紧，甚至有刺痛的感觉。他猛

当时我一下子站到了地上，本能地说了一句，对不起，接着站在那里发呆。疯子看了我一会儿，用他的饭碗在我的额头上用力敲了一下，就走了。我眨了两下眼睛，感到眼眶湿湿的，看着他走开。等他走出五六米时，我在后面骂了一句"去你妈的"，但又怕他掉过头追我打，马上骑车逃了。

这事后来想起来还是挺过瘾的，然而就这一次，其他的也就没有什么了。

反正每到下班时总是好累。

好累啊！累得你根本不想动，下班了就在那发呆，在餐厅里发呆。坐着发呆。就是下班后，坐着发呆，坐在更衣室里，经常这样。发呆一小时，发呆半小时，再回家。

你走得很慢，逐渐地活动开了腿脚和手臂。要去的地方离这里还有好一段路。要跨过马路，经过对面的大酒店，在它的右面有一条小路，那里的人更多，一个服装批发市场就在这条街上。

在赶赴约会的途中，不断地碰到迎面而来的人，更多的人手里推着简易的手推车，上面用橡皮绳捆扎着大包黑色塑料袋，里面是堆叠在一起的各式时装。一直前

烈地抽动着，然而并不能持久，迅速地，他仰起的身体又再趴在她的身上，紧紧地抓住她的双肩，不断地颤动着，持继了好几秒钟，一阵松弛，再也没有动静。

直到脸颊变得潮湿和黏糊起来，他才从地上爬起，

回家之后就是看电视。十点半看《纪晓岚》，《铁齿铜牙纪晓岚》，还有，十二点半，你是说现在吗？《大闹广昌隆》，然后，一点，看，看《幸福街》，不对，凤凰台的什么节目，我忘了。看到凌晨三四点。家里人都睡了，我不用再和他们抢电视看。早些时候大家在一起看，和弟弟妹妹一起。三比一嘛，三比一，我妈妈一般是斗不过我们的，我和我弟弟我妹妹。有时看到五点才睡，看看还有什么好看的。把音量调到最小，坐在椅子上，冬天夏天都是如此。要到五点才能睡着，一直睡到中午，然后刷牙洗脸上班，就这样。

以前我有一班兄弟，那时我已在麦当劳兼职了。高三时的，他们比我低一级，我是大姐大？大概是吧。天天旷课，我读高三的时候，他们读高二，最怀念那段时

行，似乎完全没有前行的可能，迎面而来的人封锁了前行的方向，只有在几乎发生碰撞的那一刻才岔开。一段不足三百米的路段花去了二十分钟的时间，也许还不止。

在到达和离开之间只逗留了一个小时，或者还不够。对方的身体状况令人担忧。你想尽快结束谈话，所以在讨论接近尾声时，账单已经放在托盘里由服务生递到了两人面前。出门时一个向左，一个向右。

而她则一动不动。之前猛烈的动作并没有使她做出任何应对，现在也是如此。

之后，她也从地上爬起来，整理了卷成或揉成一团的衣服。衬衣明显地起了皱褶，她低下头双手捏住下摆

间，高三。毕业后，不知道，不知道是怎么样的。已经完全没有感觉了，谁记得那段时间是怎么样的。高三，那时早上总是迟到、旷课。老师一直知道我在麦当劳工作，我旷课时他就当我是在麦当劳上班，然后早读迟到，去到学校，一般已经开始早读了。下了早读，去买零食，买几颗糖，三个人，我和阿心，还有一个女孩子。然后别人上第一节课已经上了一半时，我们每人拿一根糖，光明正大地走进教室，隔壁班的同学目送我们。是棒棒糖、饮料或其他东西。隔壁班的同学，最记得有一个男生，上课时老是目送我们回教室。目送我们回到教室后，我们直接走到门口，说一声"老师迟到"，进去了；然后在一边吃零食，吃完零食开始睡觉。下了第二节课去

你由原路返回。在旁边的便利店买了铅笔和橡皮和削笔刀。以上工具被放进一个黄色的小塑料袋里。接过账单和递钱过去的时候，两次碰触到她的手指。找回来两张面额为十元的纸币和在上面叠起的三个一元硬币。

最后，时间来到黄昏并且接近傍晚，就在你为自己准备的晚饭——一碗汤面——丝毫不见减少时，你回到床上。

白色床单掩盖下的身体向左翻转，向右翻转。

用力抖动着。他则站在一旁，和刚上来时一样，眼望前方。阳光不再明亮，远物正在变得模糊，到了晚上就再也无法分辨他们各自的颜色。他们赶在此前下了山。

回到城里，路灯已经早早亮起。一路上经过细沙的

买早餐，买早餐，吃早餐，回到教室坐一会儿。到了第三节课，因为上完大课间才是第三节课嘛，第三节课到大家备课时老师还没来，我们就走出教室。或者老师来了，直接告诉老师"老师，我们去校医室"。然后两个人走了。还没有说到我们的兄弟。然后第三节课时我们走了，隔壁班的男生又目送我们走出。他每天看着我们笑，看着我们走来走去，从来不打招呼，有时我会逗一下他。旷课去到校医室，直接和校医说一句，因为校医经常看到我们去那儿，没理我们，知道我们是去睡觉的。对校医说一声："校医你不用理我们，我们只是来睡觉的。"然后自动自觉去睡觉，睡得差不多了，然后走了。阿心去看书，看了一会儿再回家，我朝水库那边走去。他们大家在水库那边弹吉他。他们也经常旷课，在水库

你要再打一个电话以求确认时间和地点，就在马路边上的电话亭里。

空气干燥。

在床上，身体翻转时裹挟着床单移动，在表面形成大量的皱褶，包裹着大略显示出身体的外形，有凸起和下陷和略微平伏的地方。

在"喂"的一声之后……

小路、沥青的村级公路（两旁的植物形成黑影）和宽阔的城市主干道（中间和两边设有绿化带，路灯使树影变得清晰）。纤细的黑色树枝在轮胎下碎裂着，在黑暗中发出清脆的响声。双向六车道的路面行驶着各式的交通

那边弹吉他，聊天。在校宿舍旁边，有一间破屋，如果没去水库，就爬进那间破屋弹吉他。然后下课时——那时十二点才下课，不，十一点四十分下课——大家去吃饭，吃完饭后回教室，弹吉他，打乒乓球。然后又去吃糖水，上课前去吃糖水，吃完糖水再上下午的课。下午的课一般只是在睡觉或者干脆旷课，不上。也算不上是我最有钱，那时谁有钱就谁出，大家的钱混着用，没钱时大家一起吃馒头，再没钱时大家一起不吃。我和男生比较谈得来，但不觉得是男朋友，只是兄弟；女的，就是朋友。是的，一贯都是。

我还是看一下笔记吧，好像明天还要考试。

巨无霸的制作程序：

"确保包中层、包底烘制妥当，以扭动动作分开包中层、包底。尽快烹制特制食品：跟第一盘起。

我就在你家的附近，53路车的终点站，在公用电话亭里，差一点就可以看见你们家的窗台，但被广告牌遮住了。你下来吧，我们就在旁边找个地方见面。你是说我？见面再谈，好吗？

嘀嘟。

出来后留下的空位马上被人占领。

工具。从阳台上往下看，失去了当时身陷其中的现场感：迅速移动的重达五吨的汽车带起的阵风掀起了衣服的下摆，甚至推动着单车向前加速。现在女友正在身后玻璃拖拉门隔开的厨房里煮饭。菜香被隔开了，只有抽风机

打 1 整枪巨无霸酱在包中层、包底中央。

分别加工 1/8 重量盎司（3.5 克）发透水的干葱在包中层、包底中央，巨无霸酱上。

分别加工 1/2 重量盎司（大约 1/2 寸）生菜在包中层、包底上。

铺 1 块芝士在每个包底中央。

加 2 片青瓜或 3 小片青瓜在包中层，不得重叠。"

光线不足以辨认纸上的文字。被掀开的被铺在身后堆成了一堆，刚才睡过的地方，指的是垫底的床单保存了身体的形状。人离开后表面的温度持续下降，直至和室温保持在同一水平。拉动窗帘升降杆的手软弱无力，这一点可以从它的缓慢上升和没有声音看出来。室内只有粗重的呼吸声，似乎人与外界的气体交换借用了另外的器官，它的临时性暴露无遗。

在回程的路上。53 路车的终点站。等候的时间超过了预定的 5 分钟。引擎的声音干扰了司机对你说的一句话。进去坐下之后，旁边的一扇推拉窗被你的前座关上。每一次停靠的站点不一定在来时的对面，有一次环绕了整座公园。可以看见对面窗帘遮暗的玻璃窗。

就在桌前，用削好的铅笔在纸上写下：在车上……

和抽油烟机转动的声音传到室外。十层楼下的市声升腾而上，接连不断的东南风混合了两者。不时地回头张望磨砂玻璃后的身影，这时才分辨出低沉和嗡嗡的转动声。电话的铃声夹杂其中。

还是算了吧，明天考之前再看，每次都一样，但还是觉得有点什么，有点什么呢？

……对了，今天我又看见他们了，马明、张天和陈解。

用橡皮把错字擦掉，把需要修改的字、词和句子擦掉，有些地方经过反复的擦写已经起毛，甚至穿了一个洞，可以看见底下的玻璃。

补充与说明

不怕告诉你，真的没有什么。包括她在腕上刺了一刀，也并非是自杀，而是削水果时心不在焉的后果；他出门时在楼梯上摔了一跤，回过头去，后面也没有人；他们两人最终在车上"相遇"——只能说是上了同一辆车而已——也以各自下车各走各路为最终结局，让我们大失所望。

问题的关键在于，他们各自拥有熟悉和相对稳定的生活，并不觉得有什么遗憾。我们为他们觉得惋惜的同时，又以为他们偶尔才有的些许惆怅无非是因为两人正好都刚离了婚而又觉得有点孤独而已。于是他去找了她，她也去找他。当然，这样一来，就一下子又多了两个人物（而不是我们自以为聪明的他和她终于结合在一起）。它对推动某些预期的效果似乎具有一定的作用。现在可以写下他们各自的名字了。

前面最先提到的一男一女分别是林强和李英，随着故事的发展推进而紧跟着出现的一男一女——后来分别成为另一对的各自男、女朋友——分别是郑文和冯娟娟。这样一来，似乎已经没有任何悬念。他们各自的爱情故事唯有他们私下里分享，别人无从得知的同时也不会有任何兴趣。看不出来还有其他的可能性的存在。一本漫画书似乎也是这样描绘了一对男女因总是错过而最终错过的故事。我记得不大准确，因为我总是在别的报纸杂志上看到谈论的文字。他们把故事做了一个概括。这和我在上面所做的事情具有差不多同样多可疑的地方。我们先别去指出以上种种的问题。我们可以先从某某人开始着手。

这个人是，现在是谁，对我们的期望几乎毫无作用，接下来，随着故事的展开我们会更加清楚这一点。况且可以用他来说他的事情，就像可以用我来说我，她来说她一样。也是为了行文方便，这些我、他、她，将逐一登场。

我已经就此说了些我想说的，或事实如此，还有不过如此的话。看来，如果再不谈谈他，或叫作进入他的世界可能就会太迟了，指的是无论如何你要做的事情，你不可错过。

首先，他的出场并没有太多让我们感到惊喜或叫作意外的地方。这和他所要做的事情一样，也将会带给我们同样的感受。这里，细心的读者会发现，我用的是将来时态，也即是说，目前我和你们一样并不十分清楚他作为一个小人物的命运将会如何。我只是，像大多数人一样，对于即将来临的未来具有某种预感。我们可以说是感同身受。

他是在下午 3 点 15 分出的门。我们在他跨过门槛的那一刻开始按下手中的计时器，之前我们已经像警匪片中的突击队员核对过各自的腕表。接下来的两个多小时里并没有发生任何吸引我们眼球的事情，因此我们对时间的计算显得粗心大意，或无精打采也就可以理解了。不能说什么都没有发生。这是一个值不值得的问题。

那么，他出了门，向左拐，反正不是向左就是向右。没有在接下来的大约二十分钟的行程里碰上前面提到的四人中的任何一人。他一个人，可以说是相当缓慢地行走着，缓慢指的是当我们一动不动地在注视着腕表上的指针移动时我们的内心感受。接下来，（我已经多次重复运用了同一个词，也是毫无办法）他推门进入了一家就在路边的店，可以看见招牌上的文字是"乐达咖啡茶室"。

这一次他一坐就是两个小时。其间也并没有人过来或进来搭座，也即是说，有可能他正在等人，而等的人并没有按时赴约；另一种可能的情况是他只是想在一个人走路时中途休息一下，反正也没什么要紧的事情。

干脆我们暂且放下他，而去关注一下有名有姓的那四位人物。林强和李英离了婚，这样表述还是有它含混的地方，应该这样说，林强离了婚，李英离了婚。现在，他们，其实他们之间没有任何的关系，他们中的一人，林强一个人在家里，时间正好是周六。他刚刚从床上爬起来。没有被闹钟叫醒，是他一个人自愿地醒来，当然不能排除是被生理闹钟叫醒的可能。无疑，他极有可能在 7 点 40 分时醒过一次，他一动不动，意识到这是一个不用工作的假日，很快地，他再次进入睡眠状态。过了一两个小时，终于再也没有什么好睡的了。这一次，是真正地觉得有些难耐地从床上爬起来。接下来要做的事情和平常没有什么两样。包括下床穿上拖鞋，拖动着（指的是意识还没有恢复到正常水平）身体向洗手间走去，面对着镜子看了颇长一段时间，然后俯身用冷水浇脸，再捏了牙膏刷牙，反正琐碎的细节难以在下面一一罗列。这一切之后，指的是还洗了冷水浴，换上了休闲的短裤和 T 恤衫之后，他坐在床的边沿想接下来做什么好。

林强最终选择了打电话给前女友（现在什么都得冠之以"前"字了）。这需要一些勇气和傻气，正好这两点他都有。他运气不错，是她接的电话。一开始他就约她出来坐坐。她说她结婚了。他确实被这一消息吓了一跳，可也只是那么短暂的一会。他还是颇为大度地用诚恳的语气继续约她而没有退却。事情的发展有些出人预料，她的回答也极为爽快。很快，他们就会在他家附近的"乐达咖啡茶室"见面。这是他们以前经常约会的场所，她也并不避嫌。马上，我们就能见到他匆匆地收拾之后出了门。

两地之间有一定的距离。他到达时已经大汗淋漓。环顾了一下四周，并没有看见约会的人。随便找了个靠窗的位置坐下。这里他的前女友并不是冯娟娟。冯娟娟另有其人。这样，他们之间可能就真的不会再发生点什么事情，比如冲突，感情纠纷等等。不出所料，他们的见面以及接下来长达两个小时的谈话乏味透顶。除了有一次她上洗手间，有大概近五分钟的时间，他觉得整个人一下子变得轻松自在起来。然后开始抱怨自己一大早的决定，但这种抱怨只维持了不到两分钟的时间。她回来了。

分手各自回家的结局在所难免。对他来说，这只是一个无趣的事件。相比起其他更多的让人感觉沮丧的事件来说已经算不上什么。在门口道别，礼貌上还要强调有时间多见面聊天。走的时候竟然还有一段同行的路程。他忍无可忍，中途借口去买一本书而逃脱了。

问题的关键在于前面出场的三人之间让人感到困惑的关系。在林强和前女友在窗前落座并且进行长谈时，这一幕其实全看在他的眼里。他只比他俩早到了不到两分钟，两人可说是紧随其后地到达。后来才出现的女性看得出来出门前经过悉心的打扮，脸上泛着快乐的光彩，这无疑也感染了对面的男性。但很快地，两人相处的气氛变得压抑起来，有时候久久不说话。这一切，在他看来显得莫名其妙。因为相隔遥远，并不能听清他们之间的对话。

他无事可干，四处打量。最后他们起身离开，消失于玻璃推门之后，紧接着又一同走过落地玻璃，再一次地消失于视线与玻璃面形成的夹角中。

现在林强一个人在马路的对面上了一辆公交车。前女友再也不会出现了。他在汽车启动时才感到彻底的放松，并且真的吐了一口气。左手套在吊环里，右手放在牛仔裤的后袋上，身体随着急刹车而左右晃动。这时候，他的身体整个地撞进了另一人的怀里。不怕告诉你，被撞之后满脸通红的女人就是李英。

如果李英并没有如之前设定的是一个离婚人士，她的脸红也许会来得更自然一些。现在她似乎身陷多年以前被她的前夫第一次拥进怀里时的慌乱情绪中。眼前的这位男士身材高挑、偏瘦，还算是英俊、斯文，也许就是这一掉头让她感到某种难言的冲动，但很快地就又处于意外的尴尬之中，因为他紧紧地盯着你的胸前，一直以来你引以为豪的地方——久久不肯离开。

问题的关键还在于她没有来得及出声，汽车就靠站了，而不巧，或者正巧的是她就要在这一站下车。在她则是推搡着往车门方向挤去，他则一动不动地被人推搡着，眼望着她先是消失于下车的人流中，又出现在车站的巨幅广告前，直到车开动后彻底地消失于车后。

现在汽车离开了，她在地面站定，这样过了好一会，似乎再也没有什么。实际上对她来说，确实是什么也没有发生，每天在公交车上，这样的碰撞不知道要发生多少桩，甚至不能称之为事件。

她下了车之后在车站停留了一会，然后继续往汽车行驶的方向走去。不到三百米已经拐进了一个树木茂盛的小区，有那么一会儿消失于我们的视线之外。最后再次出现时，已经是在浴室的花洒喷头下，磨砂玻璃门外音乐声才刚刚响起，似乎是一个流行的演唱组的歌声。猛烈的流水声干扰了歌曲的清晰度。她断断续续地听见了其中的几句歌词。

躺在床上的男人我们可以叫他郑文。时间箭头的方向把我们从现在带至下一刻。他躺在床上跟随着歌曲哼唱着。可以做出在此之前他们还做了爱之类的判断。如果再加上从车上下来，往前走，在三百米后拐进了小区，在树荫下行走，上楼梯等动作，就可以找到某种顺理成章的前后联系。

如果她并不爱他，事实上，很有可能他也并不爱她。从一个细节可以做出这样的推测：他没有在事后跟随她进入浴室，然后两人互相涂抹浴液、抚摸对方的敏感地带等等。两人之间的关系缺乏情侣间通常的亲密感。因此在她从浴室出来后，他已经穿上了长裤，光着上半身在窗前往外探视了。

他看见有人下车，有人上车，这样的情景在每一站都会发生。在……其中的一站，林强本人从车上下来。

其实他和前女友分手之后就随便上了一路车；现在并不确切地知道为什么选择在这下车。地方是一个陌生的地方，矗立着不熟悉的建筑，唯有广告牌在各地是一样的。

选择进入一家电影院是因为前面 20 米就是，似乎没有其他选择。他买了票，这一次是真的没有选择，因为整个下午只有一部片上映。他掀开黑色天鹅绒门帘。之前还和检票员发生了一些纠缠。他提前了三十分钟进入了影厅，在同一部影片接近结束时。因此他选择了在进门处的最后一排座椅坐下，而且就在过道边上。黑暗中，其实一过了不适应的时间就已经发现了旁边还坐着人。

毫无办法，她就是冯娟娟。如果要使事情朝向预期的方向发展，还要设计出各种细节，包括两人中谁最先打破沉默，和身旁的陌生人展开对话，并且还能够在下一部片开映前共同离开影厅。

假设两人离开电影院之后，在人行道上边走边聊，并不知道具体的去向在哪里。因此他们最终分手时想必已经互留了电话。

接下来的发展是两人开始约会，不断地改换地点和见面的方式（略去其中的细节），无可避免地来到床上，因为性欲是最基本的，对于人来说；排遣孤独也是最无可厚非的。最难的还是在黑暗中：他逐渐地发现旁边的人是一位女性，从脸上的轮廓和身体的曲线判断。他在一旁侧脸盯着她，完全没有察觉到银幕上正在进行的情节，高潮过后，一切回复正常，紧接着是长长的配有音乐的人物列表，在"The End"的字样之后，全场的灯同时打亮了。这时候，他还侧脸盯着，并没有即时反应过来。她发现了身边男人奇怪的举止，她的直接无疑地缓解了他被人发现的尴尬。她说，你一直在盯着我看。他的回应脱口而出：是的。她已经完全适应了从黑暗转到光亮的这一变化。这样，他们完全可以做更进一步的对话，两人同时起立，随同整个影厅的观众一起向撩起了布帘的门口走去。现在他的拇指和食指正好从两边遮住了票据被卡过之后出现的孔洞，给她看上面打印的时间。没有问题，电影的情节可以在他们的关系确立起来的过程中，由她向他复述一遍。

　　当然，这只是其中的一个可能性，关键在于，他们终于成了情侣，经常两个人同时出现在不同的地方（不排除有些地方是他们常去的场所，比如"乐达咖啡茶室"之类）。

　　在"乐达咖啡茶室"坐了不足两个小时的孤独的看客，在林强和前女友离开之后不久，也结账走出了店门之外。在室外减弱了的午后阳光之下，如果他不是别人，是我，并不急于回家，那么又可以去哪里呢？我顺着原路返回，在经过了几乎同样长的时间的步行后，我回到家里。包括上楼梯，在拐角处碰见下楼的肥胖阿姨，站在门前从口袋里找钥匙，打开门看见她坐在餐桌前。我看见她侧过头来向我微笑，一边还不停止手上的动作，也即是从藤篮里的各色水果——苹果、梨、香蕉、桃子——独独挑出苹果，右手的小刀往圆球形的物体表皮横斜着插过去。左手拿着苹果不断地旋转着，碧绿的果皮形成一个螺旋状的带子，最后落到玻璃桌面上。我走近时，可以看见它在上面的倒影，并不像镜面般清晰，但也可以看见它模糊的轮廓。

　　有一个细节我忘了指出。在我上楼梯之前，还有一个人从楼上下来，他已经来到了我的面前，就在几级楼梯之上，三级？二级？一个踉跄，从上面摔了下来，重重地砸在了我的身上，我向后倒去。他整个人压在了我的身上。如果可以用一个比喻句，就是犹如附体上身一般。在他撑扶着地面起来之后，我也跟着站起来，拍拍身上的灰尘，似乎没有什么大碍，只是有一些污痕没法拍打干净。

她在为我削苹果（第二只苹果）时，刺伤了手（就在手腕的位置）。这个时候，电话铃响了。

痕 迹

——为什么不说发生了什么事呢?

一

有一天早晨我在想着一件我不能解决的事，我又不愿放下这件事，所以我不断地从清晨想到中午——我躺在床上一动不动地想着，到了中午我觉得背脊发烫，出汗，才抬手看了下表，我想我已经老老实实地错过了一天的早晨。最后，我起来，在向洗手间走去的途中，边走边扯掉了身上的短裤和背心，站在花洒的喷头下，让凉水从头冲到脚，在打了一连串的喷嚏之后，才开始用浴液涂抹全身。我长时间地冲着，似乎要适应早上卧床思考之后缓慢的节奏。

流水冲刷着身体表面的浴液带起的泡沫，一开始，在脚下形成一个堆积的白雪似的小山，但很快就被不断的水流直下冲刷而去。在浅浅的流动的水面上漂浮着泡沫，带有室内光线昏暗的性质。在管道的漏口处又积聚成了另一座白雪似的小山。距离双脚只有一步之遥。

水并不能及时地排泄，已经蔓延至整个洗澡间的地面，很快地淹过了脚背，漏口处的泡沫山崩塌下来，溃散成浮沫。

二

沐浴液的香味……

早上，或接近中午时，有人从床上起来，在向浴室走去的途中，脱掉身上的短裤和背心。有时候是光着身体从床上起来，直接站到了表面光洁白皙而且反光的座厕前面，排掉积聚了一夜的体内分泌液。这个时候，身后往往会响起吐字不清的女声，听不清楚说的是什么，又再喊了一声，这次是在清了喉咙之后，喊了某人的名字。

有一天，这种状况发生了变化。他照例从床上光着身子起来，先是挺直了身体坐了一会儿，被单从身上落下在下体处堆叠起来。接着，光脚站到了地板上，马上踩到了前天晚上扔到地上的牛仔裤和衬衣。它们直接地从身上落到地面，一下子失去了先前笔挺的样子，变得空虚起来。我怀疑目前的这具躯体是否是从中抽离出来的躯体。

三

我暗示有人曾经在身后喊我的名字，无可否认，也许只是一句梦话。我的听觉系统捕捉到了某种声音，它重复了一遍，以致我做出了可能是错误的判断。

直到我醒来卧床苦思，接近中午时起床洗澡，再换了一套新衣，下楼直接步行到小区门口的马路边上。在那里等待一辆出租车。整个过程充满了单身汉生活的缺少证人的喃喃自语。一直到我在电梯里和一位从楼上下来的中年妇女说了一句"早上好"，然后和门口岗亭里的保安点头打了一个招呼，我才从中脱身而出。他们无疑先后见证了我在一天中午从电梯口直穿过小区的林荫道来到马路边上的整一个过程；在大约十分钟的时间里，也许接下来等车的四五分钟内，他们都会做出某种相应的保证，我见过他，具体时间，对不起，我没有留意。

在我低头进入出租车消失在保安的视线之前，我有理由相信他一直都在注视着我，四周并没有其他的行人使我信心十足地做出了以上判断。我回过头看见他目送着我的离开。最后留下的印象也许只是一辆红色的出租车。也许什么也没有。

四

这个城市所有的出租车无一例外具有红色的外表，顶上梯形的"TAXI"标志是黄色的，在夜色里，在路灯和车灯，也许还掺和有稀薄的月光之下，显得尤其醒目。

从车上下来的人，无疑没有人注意到他进入了一家豪华大酒店。为他打开车门的男侍者也许不会记得一个外表打扮再平常不过的人。就算他拥有中东男人的一脸胡须，身着白袍的模样，他也不会留下深刻的印象。因为这是一家五星级的大酒店，对他这样的打扮可以说见怪不怪。

人下车之后经过旋转门进入大堂，似乎颇为熟悉地向右转，直接向大堂咖啡厅走去，挑选了离开落地玻璃两张桌子的位置坐下。服务生送来带有柠檬味的矿泉水和餐牌。可以看见沉落杯底的果核和一些细小的肉末。

水里的果核和肉末在水杯倾斜被人饮用时改变了之前静止的状态，在水中漂浮，然后又再缓慢地在杯底中心积聚，水杯被稍显粗暴地搁到桌面。

同时我们可以看见旋转门带进来一位身材高挑、衣着入时的女士，脚踏尖头颇长的高跟皮鞋，叩响了大理石的地面。

没有在光洁的地面留下阴影，她径直向正对着的电梯口走去，她的红衣吸引了众多的目光，直到她消失在电梯口缓慢合拢的门后。

红衣和微微带笑的印象也许会保存颇长的一段时间，在男侍者、前台服务员和在大堂站立交谈的客人的意识里。

所有的这一切相信也没有逃离他的目光。我们马上可以看见他做出了离开、"紧随其后"的反应。接下来，消失在电梯口合拢的门后的人和之前身着红衣的女人前后相差了不到十分钟的时间。

五

阳光照在面前打开的日报和一份西式早餐上，在报纸的中间部分和圆桌的边缘留下了明显的界线。阳光照耀的部分以及一旁较暗的部分，除了执报纸的双手的手掌在阳光下，身体的其余部分能够较为舒适地恰好在阴影里。

六

从所在的房间到楼顶还得搭乘电梯，再往上爬升十七个楼层，最后在四十二层停住；你从电梯出来，竟然幸运地找到了仅被掩上的通往楼顶的铁门。第一次推开一道门，发现了漆成蓝色的水泥楼梯，撑在门面上的左手感受到一股反作用力，于是顺势后退让门紧跟着弹回，你站立不动，看着它越过了门套，之后才回复正常。

是一道防火门，没有锁，而且和右面的门板有一道明显的缝隙。

楼顶铺设了廉价的黄色小瓷砖，落满了灰尘，还可以留意到诸如打火机、报纸和易拉罐等废弃物。风猛烈地吹动栏杆边上的一面国旗，日晒雨淋，已经褪色变白。

七

出租车经过钢铁构造的解放桥，在等待接听一个电话时，看见窗外一艘游轮正好从桥下经过，机械的噪音几乎完全掩盖了对方的应答声，一直等到汽车驶过桥面，绕过了前面的花圈，驶上新铺的柏油路面。

喂，是我。

八

我没有能够挤进围拢的人群看见摔烂的面孔，以身体为中心，一摊暗红的血流从隐秘的伤口处渗出，在水泥地面上形成一个边界不甚光滑的圆形。

之后，每次经过这幢高达四十二层的烂尾楼时都会莫明其妙地被它所吸引。一个人从空中坠下，这激发了我的想象力。

再一次经过这幢烂尾楼，我是说在难以计算的多次之后，它的楼下五层已经变成了一个大型的购物中心。尽管如此，还是没有改变它裸露的灰色水泥表面，每间隔一段同等的距离是一个黑暗的窗洞。

可以想象一个人在其中的灰暗光线中行走，身上的黑色西装无疑加重了某种难言的，压抑的气氛。

这条正在修改的道路从城市的东部延伸出来，带着微微倾斜的角度向远处伸展，不断地和南北走向的道路形成交叉。一个红绿灯停留六十秒，或长达一百二十秒。车窗外可以看见接连不断的店铺，跟着是砌有红砖墙的大学或中等专科学校，然后是著名的布匹批发市场，之后可能是一个新的大型超市，正在装修。旁边是一幢幢相连的公寓楼，大幅的布面广告占据了它的一半的墙面。广告传达了它的后面是诱人的江景的意思。

如果你在这辆公交车上，在这条马路上行驶的任意一路公交车上，就有可能经过再下一个十字路口，这幢微微倾斜（也许不足一毫米）的烂尾楼也许会引起你的注意，尽管你无法解释这吸引力从何而来。

九

在一个熟悉的场景中，我可以扮演其中的一个角色，比如我出现在前文提到的公交车上，汽车行驶在这条东西走向贯穿全城的马路上。其中的一个人物可以用人称"她"来表示。我们一前一后坐在同一个后排座椅上。我的双手搭上她的双肩，往前靠向她的后背，头顺势地搁在了左肩上，紧贴着她的脸颊。经过烂尾楼时，两人同时望着窗外，头向上仰。她告诉我它有四十二层高。她还说，我们可以在前面一站下车，她想上去看看。

我们？

（在约定的见面时间，两人先后出现在公交车站。他眼望对面的广场演出时被人从后面抱住。）

我们下车？或继续前行，保持着一前一后搂抱的坐姿。

十

另一个场景中，红色的出租车把我带到上车后指定的地点。司机在"向左"、"向右"的指点下最终越过了升起的红色栏杆下的用于减缓车速的水泥阻碍物。颠簸了一下之后，汽车驶进一个树荫浓密的小区，我指出应该在前面第一个路口处左转。汽车彻底停下，我看了下表，在路上花费了二十三分钟的时间。这算不了什么。我下车，往前走了几步。

我进入的房间，光线昏暗，阴凉，也许还有一些潮湿。窗口和客厅出阳台的门都挂了竹帘。我脱下皮鞋，光脚走在木地板上。室内似乎已久不住人，又或者已有长时间没有清洁，我感觉到赤裸的脚板沾满了灰尘，继而又想到我每走一步都会扬起一阵灰尘。也许并没有我想象的那般过分，我用手擦过饭桌的玻璃表面，并没有在手指的斗纹处形成一个污点。卧室的门向里靠在墙上，由门边开始铺设的纯白羊毛地毯把我带进室内，马上可以看见地上的红色蕾丝内裤，吊带白色蕾丝睡衣在靠近床脚的地上。床头柜上的仿古灯调至光线微弱的档位。床铺竟然是出奇地经过整理，白色的床单罩住了整一张双人床。我靠着床头柜坐下，把灯调至最亮，这让我发现了床底下的一个带有碟子的，被用作烟灰缸的茶杯。一共有六个烟头，万宝路和沙龙各三根，其中一根沙龙也许只抽了一口就被摁熄。我用了自己口袋的打火机把它点燃。

　　烟雾在室内几乎是垂直地升向天花板，消散于半空，看似一个人的躯体。我不断地吐出烟雾，观察着它的上升和消散。最后，也许整一个狭小的空间里都布满了致命的尼古丁的细小的并非肉眼可见的分子——氧分子、氮分子或其他任何可能的成分混合在一起。

十一

　　离开以前，室内的两人包裹在白色被套的空调被里翻滚。之后可以看见一只手的动作，企图努力地把缠绕在身上的被子掀掉。因为还要顾及姿体之间的配合，这一努力显得困难重重。在一阵急促的呼吸和哼哼声中持续了长时间的争斗，以两人赤裸的身体分开、平躺着宣告结束。

然后躺在最外面靠近床头柜的她点燃了一根烟，把它递给旁边的他，而自己则点燃了另一根，她的显得稍长些。接下来猛地摁熄香烟的动作确实有些突然。他还来不及做出任何反应，已经看见她起身下床踩着扔满一地的大小衣服向浴室走去。

隔着玻璃窗，可以听见单调的水流声。水冲刷着身体，射在墙上、玻璃磨砂门上，然后无一例外地流到地面，向下水道的漏口处汇集。形成的水汽被抽风机迅速地抽干。水声中杂夹的微弱的嗡嗡声，也许就是窗户上圆形的风扇转动的声音。

另一种烟雾消散的时间则要缓慢得多，在另一个相对宽敞的空间里。他接着又再点燃了一根香烟。

十二

出租车接载了等待已久的乘客。

没有擦干的头发一缕缕地纠结在一起，发梢不断地往脖项上滴水，然后消失于后背，濡湿了单薄的棉麻衣料。接下来空调也许会把水分吹干。还有透过茶色玻璃射进车内的猛烈的阳光，经过阻隔，减弱了。

风不断地吹动，掀翻了繁密的树叶，露出了稍白的背面。一个人站在树下，距离眺望的阳台十米的距离。风还吹动了地上翻卷的纸张，在地上滚动时咣咣作响的易拉罐。经过身边时，被一脚踩住的红色可乐罐，在暗中形成的重压下单调的铝皮紧紧地贴在一起。在回收厂里被大型的机器压得更为紧密，以致金属的微粒互相嵌合。

　　我刚刚从浴室出来，身上只穿了一条短裤。我留意到树下的人和我的目光相遇，马上转移视线，并没有改变相信保持了相当长时间的观望姿势。风很大，阳光强烈，这在一天中午里显得不同寻常。我可以把之前发生的事情联系起来考虑，虽然之间并没有明显的直接关系。也许只是不太明显而已。

　　你有看见我的鞋子吗？

　　在床底下。

　　手表呢？

　　在浴室里。

　　你怎么都知道？

　　我还知道你的外套挂好了在衣柜里。

　　那我呢？

　　没看见。

十三

　　我已经想不起来这到底是哪一天的事情。在过去的一年中这样的情形无数次地发生在我们身上。相信所有的情侣都不例外。在做爱之后，离开了爱抚的身体，双双分开仰卧着，纯棉的白被单显示出疯狂的皱褶，现在只盖住了两人的下体。正对着的空调机的活叶上下翻动着，吹出23℃的冷风，马上就要吹干身上的热汗，或使之变凉，使皮肤收紧。

一个人突然翻转身，把紧握多时的尖刀插进了高耸的乳房，就在胀红的乳头，酱紫色的乳晕之下。由于动作迅速和直接，在一瞬间里，只看见紧握的右手盖住了乳峰，相信刀柄还在手心里，而整个刀身已经进入身体柔软的组织，直抵心脏。在早有预谋的转动之下，并没有预料中的鲜血喷涌而出，甚至听不到一声尖叫，或断气之前身体的挣扎，只听见"嗝"的一声，微弱得让人难以在紧张的气氛下分辨出来。

随着同样迅猛和干脆的拔出动作，鲜血喷涌而出。有一些溅射到了身上，脸和嘴角和裸露的胸腹。白床单突出了场面的血腥和残忍，但并不排斥其中包含的温柔的成分。

然后下床，光裸着身体向浴室走去，凶器在行走的过程中掉到了地板上，唯一可能的金属撞击声被纯白的棉毛地毯所吸收。一条红色的蕾丝内裤的细边缠上了右脚，拖动着走了好几步远。在浴室里，可以听见单调的水流声。水冲刷着身体，射在墙上、玻璃磨砂门上，夹带着脸上和身上的血迹流到地面，向下水道的漏口处汇流时，稀释了血的浓度，变淡了颜色。玻璃门上的磨砂工艺稀释了身体的投影。

十四

出门时只剩下一人，马上要进入到浓密的树荫下，可以完全地在阴影里行走。强烈的午后阳光已经暴晒多时，连空气也是烫人的。热浪催逼出身上仅有的水分，使血液变得稠密。

大汗淋漓使 T 恤和牛仔裤紧贴着身体。在经过大门口的岗亭时，被升起的栏杆擦破了额角。保安上前询问的热情遭到即时的冷遇。一声不吭并且没有回头，再往前走了几步，一边扬手截停一辆出租车，低头俯身进入了车内。车门在司机暗中的操作下自动弹回，关闭。汽车的颜色是红色中最难看的一种，被屠宰的肉猪暗淡的肝脏。

出租车很快地汇入路上行驶的各式车辆中，尤以红色的出租车较多。我摇下车窗，一种黏稠的血的饥渴想通过尼古丁缓解。秃顶的司机在察觉到身后的动作并同时闻到香烟浓烈的气味时马上出声制止。我不吭一声，猛地吸了一大口，然后缓缓地吐出。被迅疾的风吹散的烟雾，消散于车内狭小的空间。

汽车不断地向前行驶，要去的地方不用拐弯、过桥或穿越隧道。

等待着黄昏降临，天色变暗，路灯亮起，汽车的前灯照花了路人的眼睛，模糊了视线。路人加快了步伐。然后夜晚到来，步行的人们又放慢了脚步。

汽车把人们带至各处。

十五

我说我没有见过她。

也许我见过……

在大型购物中心的手扶电梯上，我们相向而行，有那么半秒我们之间的距离只有三十厘米；在江边，她从过江的渡轮甲板上岸，而我正要低头擦汗；在一家小型书店狭小的过道里，我们正好背对着背，两个人同时转身发现每个人的手里都拿着一本书，微笑……在人头拥挤的人行道上擦肩而过，也许不是她；在一家发红发绿的发廊里，我掀开薄纱的门帘，在大玻璃镜里看见她的侧影，也许只是另一面镜子的反映；在公交车站，我挤上一辆空调巴士，发现她就在旁边的座椅上，而我正好两手一前一后地撑扶着；在床上，电视长剧里的女主角背对着我们，正在淋浴，可以看见她白皙诱人的后背。

也许我还熟悉她的声音，在我的身后，听不清楚说的是什么，又再喊了一声，这次是在清了喉咙之后，喊了我的名字。也许只是一句梦话，我错误地以为在房间里曾经存在过某人的生活痕迹。

十六

现在,门窗紧闭。出租车在指定的地点把客人放下。观察者消失于幕后：烟雾或窗帘。说话的声音变得急促和吐字不清，并且突然传来一阵猛烈的咳嗽声，然后是寂静中气喘的声音。

　　一个人告别了两个人的聚会沿着江边由东向西慢行，似乎再也无事可做。豪华大酒店的观光电梯把客人带至各个楼层，然后悬在半空，透明玻璃的梯箱再一次下降，天花板的吸顶灯把人照亮。之后，这一切被抛在身后。再过去，可以看见江上迎面驶过的观光客轮，边上的护栏和篷架上结满了彩灯。甲板上的游客无疑认为正在散步的你生动了沿岸的风景。不断地可以看见船上暗中的闪光。你成为此时此刻的一个见证。表情呆滞，行动迟缓。

　　从对岸的大学码头，度过了逆水行舟的十五分钟。现在，心情愉快，步履轻捷。黄色的小丝巾在脖颈处打了一个蝴蝶结，黑色的紧身羊毛衣突出了肌肤的白皙。牛仔裤和运动鞋同样适于迅速的动作，几乎把同船的人都抛在了身后。走过的地方留下了不知名的香水的淡淡的香味。要紧随其后才能捕捉到这只给予情人的礼物的痕迹。

　　在窗外，路人的脚步声被车声掩盖。

十七

　　昨天晚上在这里坐的人把一只空烟盒捏扁了放进烟灰缸里。相信下面被遮盖的部分包括十几个烟头和小堆烟灰，可能还有数量相当的火柴头。烟灰缸是一个揭掉了盖子的罐头盒，薄薄的铝片的边，几乎不用费力就可以捏扁，我在多次冲动之下还是没有做出这一娱乐自己的举措。它光洁的表面无疑是最具吸引力的地方。原本装在里面的一大块牛油被吃完之后，它没有被沾上一丁点的油渍，不用费神去清洁，可以方便地被随手放到书房的桌面上，就在电脑的主机的旁边；一直以来，这个房间就缺这个东西，被临时派上用场的烟灰缸包括薯片盒、茶杯、纸片等等。

来人坐在沙发上，烟灰缸被我放在他的脚下。在地毯上面，他不断地一根接一根地抽烟，尤其在双方说话的时候。有时候烟灰被弹到地上，更多的时候他弯下腰去弹烟灰；我非常自觉地弯腰——弹烟灰。有一次，他走上前来，在桌面上拿我的骆驼香烟。他的是万宝路香烟（他经常变换着牌子，没有一个固定的嗜好，也无所谓什么口味），烟盒被捏扁，揉皱了放到烟灰缸里，以难以察觉的速度缓慢地舒展开来，几乎占满了整个小空间。我低着头看着它在膨胀，这个空的收缩的硬纸盒，里面还有一张锡纸，银灰色的。每一种香烟的烟盒里，都有一张锡纸。这是一样的。

十八

我出门时，相信没有人看见，包括之前我在床上醒来，我把手伸向裤裆处也没有人看见。我在床上滚动。在浴室的花洒喷头下，让水冲刷着全身。整一个沐浴过程长达二十分钟，竟然没有一个电话，我是说我没有听见电话铃响，除了水流的声音。

我还忘了放音乐，这样，我出来回到卧室时，听见楼下儿童戏耍的声音，比不远处的一个工地上正在打桩的轰响声，来得还要刺耳。

门在我身后关上，我听见嘎吱的响声。整个过道里空无一人，也没有任何声音。我摁下电梯按钮，门打开前叮咚地响了一下。里面也是空的。从十四楼下到地面，竟然没有任何停顿，也就是说没有人进来过。门在身后合拢，大堂的保安竟然也没有抬头望一眼。我从他身边经过时，他只是把报纸翻过了又一页。

然后是小区树荫浓密的街道，间隔停泊着汽车。我沿着南北向的人行道往大门方向走去。有另外几个人走在我的前面，在另一边的人行道上。我看着他们一直往前走，并没有一次回过头来。

大门口的保安敬礼，然后对着我又再重复了一遍。动作和微笑都无可挑剔。

十九

现在，我趴在木地板上，在胸腹与地板之间垫着一个枕头。

比如，并不是打比方，而是力图说明：虽然在我的胸腹与地板之间垫有枕头，但我还是能够感觉到地板的坚硬和平直。在我全身的重压之下，整个人似乎又再恢复了和地面的全面接触。这说明在此之前我做的准备工作并没有多大的意义。但我又不愿意做出任何补救的动作。我抬起头，虽然并不舒适，还是让我看到了旁边玻璃推拉门外面的小阳台。膝盖和脚背作为另外的两个接触点，把小腿部分搁在了空中，我说空中其实只是离开地面二三厘米而已。铝合金的玻璃推拉门之前还有两幅窗帘，其中的一幅垂落了一半，另一幅整个地遮住了后面的事物。这样，我趴在地上就可以看见这不被遮挡的一半后面的事物。包括地面铺设的 30×30 厘米的白色瓷砖，栏杆边上一字排开的三盆绿色植物，它拥有类似于竹子的外观，但又不属于任何一种竹子，无一例外栽种于白色的塑料盆里，下面还垫有一个白色的塑料碟，比花盆要略大一些。除了花盆，我仅能看到植物的约摸三十厘米长的茎秆。紧贴着墙角与之前描述的三盆植物形成一个直角的同样一字排开的四盆更为矮小的植物，同样不知名。三盆绿色，一盆红色，但阔叶的背面是褐色的。几乎都能看到全貌。盆与盆之间放置有蓝色的酒瓶，相信是一个香槟酒瓶，还有一个黄色的浅碟上放了一个黑色的陶瓷水杯和两个绿色的塑料苹果。一个非洲木雕露出了一半的身体，长得像海马。

我改变了一下姿势，这和我手上的动作并不同步。我是说我翻侧了一下身体。现在，我的半边身体贴着地面，胸腹的一半垫有枕头，头搁在伸直了的手臂之上，眼望着阳台上被风吹动的植物。阳光透过之上的枝叶投下晃动的细小的影子，搅乱了地上一动不动的大面积的光斑。作为事后的描述是在恢复了之前的适当姿势之后。我专注于面前的纸张和手中的签字笔，更确切的说法应该是我专注于时下活跃的意识。有那么一段时间，我没有观看。我注意到面前纸张上的文字不断增多，从左到右，再另起一行，迅速地占满了一个页面。再从头开始，这次是另一页的空白纸张。可能紧接着上一个没有完的句子，或空两格再起一个段落。

重新阅读之前写下的文字，执笔的手就搁在纸张的边上。再往下，就要移开盖住了部分文字的手掌。

然后是长时间的停顿，空白……

……又再开始，这一次是在经过了一系列的活动之后。

我和另一人，可以这样说，发生了正面的接触。当我从地板上爬起来，拍拍身上的灰尘时，一双手从后面拦腰把我抱住，并且叫我不要动。对于一个完全没有任何危险的游戏，我乐于参与。作为一个同谋者我甚至装出受了惊吓马上要晕倒的样子。这样想，并且腿脚一软，身体像失去了骨架似的瘫倒在她怀里。

旅馆的房间，又名乌有

天气预报

每天早上六点四十五分，他都会小跑着从阳台下经过。而我也早在六点半时被闹钟叫醒，前后的误差不会超过两分钟。我抬腕看表，等待着他在预料的时刻内出现。从左面的一个街角处，先是进入光线微弱的树荫下，又再进入树与树之间的空隙，之后还是同样的一棵玉兰花树的树荫。我的阳台距离高及二楼的植物大约五米，因此，他小跑着走近时我们之间的距离可以通过一个直角三角形的已知的两边求得一个准确的解。尽管如此，我还是没有耐心求出我们之间准确的最近距离。

睡梦中，也许只是浅睡中，我已经能够在闹钟铃响前醒过来，或者还睡卧不动，等着预料中的铃响，然后迅速翻过身去，俯身向地板，按下了闹钟的按钮。旁边的同床者并没有受到应有的干扰，一动不动，或者只是咕哝了一句什么，又再翻过身去，陷入深沉的睡眠中。我从床上起来，进入洗手间淋浴，然后裹着浴巾推门走到阳台上，整个过程持续了十一二分钟。我光着脚尽量小声地踏过木地板，来到阳台上。其间只有关闭的洗手间发出微弱的水流冲刷声，玻璃推拉门在轨道上滑行时发出的金属摩擦声。凉风吹干了身上残留的水珠。手上的腕表在阳光下反射着光圈，曾经晃过了双眼，现在移过了一边，可以清楚地看到当时的时间。他出现在街角小跑着经过阳台之前，想必也是在六点半或更早的时间从床上爬起。现在进入我的视线之内，他穿着蓝色短裤，脚踏白色运动鞋，身上套着的背心也是白色，前后都有醒目的大个红色数字17。可以想象，他是在外面小跑并进行了其他运动之后，回到家里才洗了淋浴。然后衣裳整洁地出门，就像我一样。

然而我并没有看到同样的情景出现在眼前。每天在阳台上看着他跑远，拐过了小区的林荫路，越过了门口的岗亭，消失在更为宽阔的马路。我转身回到房间，在镜前脱掉浴巾，光裸的身体在接下来的几分钟内套上黑色长裤和白色长袖衬衣。再走近几步，用台面的牛角梳梳理了头发，六四分。在跨入客厅时把身后的房门掩上。

从冰箱里取出食物加热了放上桌几，然后坐到布面沙发上，整个人几乎陷了进去。然后身体前倾按下了遥控器的红色按钮，先是听到了人声然后才在一两秒后看见了由模糊变清晰的影像。新闻播报员，是同一个人，或者是长时间以来由男女各一人互相替换。这是一天的早晨，播出的新闻应该都是昨天发生的事情，或是昨晚固定的播报时间之后发生又未及播报的事情。我们入睡的时候，世界上还有其他地方正处于光照的一面，将会发生战争、盗窃、车祸、游行等等颇具时效性的事件。而在我进入深睡时，就在市区的东郊公园，发生了一桩强奸杀人的命案。新闻节目的最后是天气预报。对面墙上的挂钟准确地指示了时间：7：30。

天气晴朗，最高气温37℃，最低气温28℃，紫外线强烈。

我出门时，阳光比在阳台上时要强烈。我走过同样的一段枝叶繁茂的街区，在大门口处右拐，就在前面不远的公交车站等待着。汽车运载着满满的乘客向前行驶，在下一站之前，只在红绿灯处停下，等待五十秒或更长的时间。

　　他一个人从床上起来，每天都在同一个时间，已经不再需要闹钟叫醒。单人铁床上的凉席浸透了汗水，现在身体离开之后，在稀微的晨光中显出黝黑的一面。落下的窗帘其实是用回形针夹住的几件破旧衬衣。墙上贴满的报纸已经中间鼓起或翻了边。他在床沿上坐了一两分钟，然后俯身向下从床底搜出了一个红色塑料桶。每天他提着一个红色塑料桶走出房间，经过狭长昏暗的走廊，在楼层的尽头处是公共的洗手间。桶里面无疑装着洗刷用品、铁口盅、牙刷和扭成一团的毛巾。他脱下了身上的短裤挂到墙上的钉上。刷牙，然后吐出混合着凉水和泡沫的液体，再含了几口水又再吐出。这时候，旁边的水龙头正哗啦啦地往桶里灌水。再等一会儿，把脸洗了，在下颚和嘴的四周摸了一把，还好，胡子并不长。水满了，可以举起来往身上从头到脚猛地一倒。马上擦干了湿漉的头发和身体。所用的时间也是十一二分钟。整个过程都是赤裸着身体。有时候在过道里会碰见其他住户出门，正好是异性，吓了一跳，马上关了门，之前露出了鄙夷的神色。在房间里穿上昨晚晾在窗台上的背心和短裤，再套上回力运动鞋。一出门就是一个拐角，选择了在树荫下小跑，先活动开了腿脚。抬头可以看见无数个悬挂在墙上的阳台。有的种满了植物，有时候会开出不知名的鲜艳的花朵。只有玫瑰具有人人皆知的面貌。出了大门之后，已经可以放开腿脚加快速度地跑上一段了，直到前面五百米外的东郊公园，可以来上一段快速跑。

她醒来的时候发现自己在床上，旁边枕头上的凹印说明之前还睡了人。厚重而密实的窗帘遮挡了阳光。她睁开眼只能依稀地辨认出对面的电视机。然后，慢慢地，直到她逐一地找到了日常生活的所有痕迹。当然，现在只限于室内。她对于外面的大太阳和高温天气一无所知。墙角的冷气机不断地吹出冷风，努力使室内的气温达到设定的22℃，和室外——天气预报说中午的气温达到37℃——相比相差了15℃。接下来，她发现自己的身上没有穿任何衣服。她从胸前一直往下摸到两腿之间，再往下，就在大腿外侧她摸到了床单上的结痂，大腿上还有一些粉末状的细碎。她并没有光身睡觉的习惯。也许是太疲累了，从浴室出来上床倒头就睡。

现在花洒喷头细小的水柱冲刷着长发、脸面和身体。涂抹的浴液揉搓成泡沫，带出了堵塞毛孔的淤积。再次冲水时她发现两腿之间出现了一条血线。她站立不知所措时，已经在白色的磁砖地面形成了一股颜色转淡了的流水。

如果不是靠站的车已经济满了人，我可能不会急于上车，也不会抢在前面被后面推拥的人挤迫着向前。我可能正好等到从左面小跑着过来的他。这样，我可以更清楚并且是大方地打量他，而不是现在的一种情景。我不断地努力往车厢里挤的过程中，透过晃动的人头和玻璃窗，看见了一边奔跑一边招手的他。当然，也许只是因为他显得熟悉的身材，我才会在忙于应付的情况下还能有所发现。他穿了一件黑色的套头衫，蓝色的直脚牛仔裤紧紧地裹着腿脚，跑动时一双褐色的运动鞋尤其引人注目。我说的是我。在他一路小跑并且最后一个往车上挤好让车门关拢的过程中，并没有其他乘客对他多加留意。每个人都忙于占据一个略微舒适一点的位置而无暇他顾。汽车好不容易在司机骂骂咧咧下启动时，他用力向前一推，闪过腰身，车门这才咔嚓一声关闭。现在，他站在梯级上，比我们都要矮一头。偶尔我可以看见他的平头，也许只是他旁边的另一位乘客。谁知道呢？

　　汽车在行驶的过程中变得松动起来。很快地到了下一个站，有人下车，也有人上车。后来者往前挤过来了好几步，他也在其中，现在一下子比我们都高出了一个头，而且身上的黑色套头衫也使得他易于辨认。就算我的记忆力没有出错，我还是不能确定他是谁，只是觉得眼熟而已。在接下来的几乎可以说是漫长的车程中，他还会不断地，慢慢地，一步一步地向我靠近，而到最后，我们之间的距离可能要用厘米来计算。也许还会背靠背紧紧地贴在一起。问题是，我们之间还隔着好一波人，更糟糕的是，他们并没有做出任何想下车的举动。这样，我不断地被挤往后车厢，他也向汽车的中门处挪动，我们之间的距离几乎维持不变。

　　我一直在注视着他，所以他下车时我能够及时地发现。我情急之下，做出了一个近乎草率的决定，我应该跟随他，而不管出于何种目的。全身的肌肉这时候突然收缩，在一阵忙乱的手脚动作中，我挤到了车门，几乎是往下一跳地离开了车厢。

我辨认出四周既陌生又熟悉的环境，抬头是耀眼刺目的强烈光照。我先是感到一阵晕眩，血往上涌。在我独自调理恢复时，他已经往广场中心走了几十米。这时候，（事后想起来）来了一场及时的骤雨。街上的人一下子慌乱起来，跑动着寻找躲避的地方。他在前面用一种均匀的步调小跑着，我跟在后面，呼吸似乎也变得顺畅起来，不紧不慢地追赶着。他跑到中心的六角亭下回过身来。我保持着由他决定了的节奏还在奔跑，而这一幕全都看在他的眼里。

我们之间甚至还差点发生身体的直接冲撞。他灵敏地闪了过去。我选择了站在他的旁边。两人之间的距离比在车上预计的要近很多。雨越下越大，并没有停止的迹象，阳光也同样猛烈。没有人出声。

她在床上被闹钟的铃声（越来越高）吵醒，发现身边的人已经不在。她翻身过去，俯身向地板，按下了按钮。现在脸颊紧贴着床铺的另一边。就这样趴着，自始至终，她专注地听着钟表内部发出的机械声，嘀嗒，嘀嗒……一边跟随着秒针一顿一顿地移动计算着。两分钟过后，她从床上爬起，脚踏到地板光洁的地面上就直接向洗手间走去。半开的推拉门后露出温暖的黄色光线，还有水流冲刷的声音。之后穿上白色棉质的浴衣，在腰间束上了绑带。俯身在地板上捡起了烟盒、打火机、烟灰缸，还有小巧的圆闹钟。现在双手满满的尽是些细小的物品，重新摆放到梳妆台上。拉开了同样是铝框的玻璃推拉门，一股等候已久的热浪推涌前来。

在阳台上。她把塑料软管接上了龙头。水流经细小的管道，几秒钟后，从另一端的出口喷出。水泥围栏边上一溜排开各式盆栽植物，其中有玫瑰和其他不知名的花草。用力捏扁的软管出口使水流形成扇形喷出。喷洒在枝叶上，又再渗入土中，直至完全浸透。她拖动着盘曲的软管，在接近完工时，向阳台之外探头俯视。没有人，小区显得安静和令人放心，并不强烈的阳光照射着，在人行道上投下枝叶清晰的阴影。现在，多余的水渗出盆底的小洞，流过了平台的表面，正往下滴淌，在楼下的水泥地面形成了一摊积水。

事实上，雨越下越大，最后连下水道也来不及排泄积水时，我们还没有说过一句话。直到水漫过了第一级的台阶，我们同时低下头，等待着雨水再漫过一级台阶。

在贯穿整个树林的碎石小径，我们相向而行，在两个人擦肩而过之后，不知是谁加快了脚步。两个人远离的速度增加了不止一倍，谈不上是谁要离开谁。反正，接下来，很快，已经见不到他的踪影。

林中的小路不但狭长，还有平缓的上下坡，中途还出现突然的转弯。可以选择离开碎石的路面，选择一条直线，也就是旁边覆盖着青草的泥路。

阳光透过枝叶投下细碎的影子。

从阳台回到房间，重新回到床上，背靠着软枕。遥控器的红色按钮打开了电视。先是人声而后是逐渐变得清晰的影像。这时候才把手上的塑料遥控器放到一边。这个时段几乎所有的频道都在播报新闻，大同小异，国际新闻, 国内新闻, 如果你选择了一个地级市的电视台, 还有更具体的, 就发生在你身边的事件, 用一种不甚标准的国语尽量字字准确地念着, 还要时刻保持亲切活泼的形象。

上次关机时保留的频道, 现在电视屏幕出现了一个时钟的画面, 画外一把浑厚的女中音念出了上面的读数: 七点二十九分四十五秒。

今天天气晴朗, 阳光猛烈, 紫外线强, 注意防晒, 27℃到36℃, 晴热天气将持继到本月中旬。

路过的行人小心地避开阳台上的滴水, 抬起头看见了盆花上晶莹的水珠, 反射着阳光。

接下来, 及其后

那个在门口犹豫再三的男人, 最终决定了先在街角买一包烟和一份报纸, 然后再在附近找个带冷气的地方坐下, 一边看报、抽烟, 一边在等一个坐下时电话联系了的朋友, 说是一个女友也行。做出决定, 或者说选择行动总要比最终的实施过程快得多。在灼热的阳光下, 他只稍稍抬了一下头, 闭上眼睛马上做出了一个行动的表示, 就是快步走到三十米开外的街角处, 以避免在烈日下长久站立。

那么, 还是要走上一段路。腋下夹着报纸, 双手忙于拆开包装烟盒的透明胶纸, 撕掉了长方形的锡纸, 用牙齿咬出一颗香烟。低下头用手遮挡着点上了火。抬眼望去并不见有卖冷饮的小店。只好再往前走。途中不可避免地拐进了见到的第一家店铺暂避，可以短时间地降降温。似乎没有别的选择。

也许一开始就不应该外出，待在家里，打电话找朋友过来也可以。等待的过程中，坐在藤椅上翻看一本小说。第三页才是正文，在一个简短的序言之后。他迅速地跳过了其中记叙小说由来的部分，来到文章的最后一个段落，提到了小说的结尾，并且引用了其中的一个句子。也许是最后的一个句子，他按捺不住地想翻到书的最后一页去找那个让他感到紧张不安的句子。

开始时在无人的过道里听见紧闭的房门后的尖叫声，可以确定无疑是女声。又或者在郊野的大树下发现两个塞得满满的纤维袋，原来用于装化肥或其他颗粒状的物质，最终确定是生盐，打开一看是被肢解了的尸体。奇怪的是竟然没有血迹，每一部分都像是被洗涤过了的显出白皙（近乎苍白）洁净的模样。然后是汽车离开时驶上村级公路，在沙石铺设的路肩处扬起一阵灰尘，之前还压倒了一大片的青草和低矮灌木。三个画面之间也许并没有任何必然的联系，被农民发现的纤维袋其实是两袋肉猪饲料。拖拉机在连续的颠簸之后，留下一阵逐渐平息的灰尘和早起的农民看见的纤维袋。有人临出门时忘了带钱包，回到卧室取出再来到电梯口等待，这时候传来一声尖叫，他打了一个寒战，把一身热汗都倒吸了回去。

电梯在四楼或五楼停住，这时候进来一位穿着打扮都和你几乎完全一样的上班族。其实这样的早上和平时没有任何的区别。你甚至可以在多次的计算之后准确地判断出电梯停顿的楼层，进来的乘客的外貌特征。难得有一次顺利地从上到下没有一人相随。金属门两边分开打开后，不同的人脚踏的皮鞋在大理石的地面上发出几乎同样的敲击声。然后电梯门在身后合拢，楼箱在狭长的通道里继续爬升，在某一楼层，也许就在……谁知道呢？进来的人并没有先把纤维袋推进电梯最多可以容纳十五人的楼箱。这样的事情多半发生在半夜。

看来我要多喝水和揉眼睛，再用双手在脸上使劲地擦，才能驱除残存的睡意。没有带烟，我只能在等车时跺一跺脚。我注意到几乎没有溅起任何灰尘——城里的马路和郊外的小路还是有所不同。然后汽车把我们带到各个站点。我在家里研究过交通路线图，发现这一路车行驶的路线接近于一个圆形，只是在右下方有一个小小的缺陷，凹了进去。我就在前面一点的地方下车，然后再走上一小段路。在地图上，我会跌进预期的坑洞。

黄昏，接近傍晚时，我从中——比例尺显示出它的高度大约为五十米——攀爬。夜晚使我沾染上了坑洞里的泥灰。

在马路对面，我暗自庆幸正好赶上一班汽车，不用再久等。在车上，想象手提袋里的公交地图，行驶的路线，汽车在努力地摆脱。这是其中的一次。这一次，我见到了现在成为我女友的她，当然是在多次的同行之后。当时我发现的是某种可能性，可下面叙述的却是一个事实：她单手套在吊环里站在离我——我只能用几个人的身体这样的尺度来描述我们之间的距离——七个人的身体之外的后车厢里。我们的身体相背，这在我们相恋之后，有时候变为紧贴着身体，但背靠着背。可以这样说，我们看到的是不同的风景。车窗外，我看见有人在叫卖新上市的水果，也许另一边是一对争执的夫妇在马路边上大声叫嚷。有一次，我真的听到粗暴叫骂的男女声。

车门在身后"咔嚓"一声关上，我认为可能性就存在于之间形成的空隙里。事实上，车门在她身后合拢时，我刚拼命挤到门边上，用力地按下了铁柱上的红色按钮。

当风吹动地上咣咣作响的易拉罐、废纸和塑料袋，已经是黄昏，接近傍晚，很快就会进入夜晚，天色变暗。在中午时分，太阳光猛烈，地上杂物堆积，坐在花圃栏杆边上吃快餐的公司职员起身拍拍屁股离开，汇入骤然间变得密集起来的人群。这和早晨时的情景似乎有所不同：地上洁净，洒水车才刚刚驶过，空气中还有一阵轻微的尘土的气味，混合着半夜植物呼吸的气味。从街上匆匆走过，还能撞见迎面而来的晨运男女。清洁工正要把大包的黑色塑料袋扔进车里。旁边的卡车通过轮带把大型的垃圾箱往上拖升，然后向前倾倒。其中的两个褐色纤维袋使手扶车门的清洁工稍稍迟疑了一下，放到制动掣上的左手还是没有拉下去。

车门左右打开，耳中是"咻"的一声。左手松开，右手拖着她的左手往车门挤去。车门迅速地在身后合拢，汽车启动，车身的前半部分已经大幅度地向左挪移，但后半部分仍然保持着和车站平行的位置。离开时，还可以看见车厢里一大片正在晃动的身体。

中午没有一丝风。

乘搭电梯时不觉得热，风不断地从格栅状的出风口吹出，就在人的后脑处；由于人多，只能侧一下脸。现在风仍然吹在身上，但已不让人感到难受。门打开后出去了三人，又再进来四人。

到了室外，悬殊的温差使他的心理也经历了一个凶猛的落差。路上没有一棵树，沿街的建筑也大多是政府部门和商业机构，并不见得可以随意进出。有些门前还设立了岗哨，其中的一个保安还一直盯着你走了好长的一段路。你三番四次地故意回头看他，总是能够发现他迅速地转移了视线。

街上稀少的行人总会使心虚的人变得紧张和不安。他不断地改变着行走的节奏和不时地停下来，点烟和回头张望，然后又装作若无其事地继续前行……

站在马路边上，必须首先决定，他的叙述要从哪里开始。除非他想完全任意地做出这项决定，否则他就应该准备用一种相应的耐心来对付面前高速行驶的车辆形成的喧嚣。不幸的是在叙述尚未开始之际，他的内心已经烦乱不安。直截了当地说明他在当时的处境的困难是毫无意义的。即使我在努力了多次的情况之下，也没有能够就此写下任何文字。他仍然没有丝毫动摇地站在烈日之下，在斑马线的一边，交通灯转绿时，他似乎察觉到了某种平静。然而五十秒之后，这一切，又将改变，回复原样。

他没有能够在接下来的再次倒数中到达对面，我也因此而变得紧张起来。

左手离开玻璃覆盖的桌面，现在紧贴着左脸颊不甚光滑的皮肤。整个脑袋的重量一下子压在了上面。然后，奇怪地来了电话。我足足等待了半分钟才发觉这不是幻觉。往往在最困难时总会出现转机，真的，电话响了。我迅速地赶在最后的几下铃声之前拿起了电话。只有一片嘀嘀的电流声。如果来得及说不定会有所改变，我指的是目前的困境。我的左手拿着笔。我刚刚放下电话。不到一秒钟之前我还拿起了电话。这短暂的一瞬间，什么也没有发生。窗外的阳光也并没有稍稍减弱强度。

　　一个人在烈日下曝晒多时，他行走的方向由宽敞笔直的中心大道决定了。而且不会在接下来的短时间内有所改变。如果要走到前面的第一个交叉路口，也许还需要一段时间。没有任何办法。选择在一天的正午外出，并非是出于己愿。如果要追根究底，也许和一个电话有关。你放下了一个正好挂断的电话，它留下的空白使你于心不甘，于是你停下了手头上的工作，先是在心里罗列了一张名单，包括姓名和电话号码，其中的一些记忆不清，这可以在通讯录里找到。

　　室内的圆桌方便你选择不同的方位落座。你的选择和我的一样，靠近落地玻璃并且是正对着的一面。这样，街上的风景在180°角的范围内就尽收眼底了。考虑到接下来出现的人物可能的方向，应该尽可能地从左到右不断地扫视。玻璃平面延伸的尽头正好是一个交叉路口，可以看见最边上的行人红绿灯和到达对面人行道的斑马线。这一边的人数，由于视角的关系没有对面的多。车辆不断地飞驰而过，然后是急匆匆的行人一下子变得拥挤起来，在路中央交接时使整一条街人满为患。几乎不能有丝毫的松懈。有那么几秒钟，你紧闭上眼，企图在短时间内恢复正常的视力。幸好没有那么多的偶然，要来的人并没有出现。现在视线投射到正前方，没有了之前看到的繁忙的交通图景。零星的几个行人走过间隔同等距离的植物树荫。这时候的走神是因为对修剪得几乎一模一样的树木的名称感到困惑。你仅有的知识无法辨认的植物，在这一条街上笔直地延伸过去。你摆动脑袋和向右转移视线，看到的也是同样的枝叶和树荫，路人从看不到的某处就像从幕后出现。然后不动声色地往前走，消失于另一边的玻璃平面的尽头。由于我们之间形成的一个斜角，我看到的要稍远一些。

桌前落下的竹帘遮挡了阳光，但是并没有能够阻挡室内气温的上升。中午过后，右面墙上的温度计的水银刻度超出了天气预报的数字。街景在这个时候处于一种隐蔽的状态。集合了多种声音的市声虽然持续不断地烦扰着双手的动作，然而并没有干扰人物的行事。

桌上打开的报纸在A12—A13之间，一则字数不足五百字的新闻记录了一对男女的死因。据报上所说，昨天清早发现女尸的地方正好是之前发现男尸的地方。女尸在尚未成为"右腹被斜插一刀和阴道内发现精液残余物"之前曾被人看见和一名男子搂抱着走过，"动作别扭"。这是同一地方短时间内发生的两桩命案。

小说对街景的描写则极尽渲染之能事。跟随着详尽细致的笔触，我们先后看见了步行街拥挤的人群，地铁出口和十字路口，沿着笔直的中心大道向东行驶，汽车经过新旧建筑混合的建筑群，来到工地和残存的村落结合的地区，一下子拐进了一条两车道的沥青公路，两边种满了高大的细叶桉。有可能出现的另一种情况是公交车的最后一站是一幢尚未完工的商业大厦，它的后面和左右是绵延一片的高层住宅小区。从车上下来的乘客中有一对男女，互相搂着对方的腰。他们下车之后往车头的方向走去，一直往前走。很快，跟随的人消失于其他的横街小巷，只有他们越走越远，一直走上了一条两车道的沥青公路。

枝叶晃动着遮挡了阳光。光影间隔着分割了路面。路肩处是半米宽的草皮和大致一米宽的细沙地。两人行走时在脚后跟溅起了一阵细尘。阳光猛烈，耀眼。一开始不觉得什么，阳光照进室内，布满了整个桌面。我刚好在阴影里。接下来的十分钟温度不断地上升，几乎达到难以忍受的限度时，我上前放下了竹帘，再启动了空调。冷风在等待了半分钟之后开始吹出，就在后脑处。上下扇动的叶片使室温变得均衡，再往下调整，以达到设定的温度：22℃。

我已经对在烈日下长时间的步行感到难耐，迫不及待地走进了一家小饰品店，发现里面全是十三四岁的小女生。我的贸然闯进无疑使她们受了惊吓，进门时叽叽喳喳的交谈声戛然而止。而我也在空调冷风的吹拂下骤然变得干爽起来。我擦了一下脸，然后转身面对挂满了一面墙壁的各色饰物，留下默不作声的一群小女生在身后互相对视。女老板客气的招呼声响起时，我进入室内已有一段时间，况且我背对着她独自在打量墙上挂满的饰物。我发现了其中的一对头饰，正好是上个星期我送给女友的礼物。我取下时听到了她的声音。

门外街上正好经过的洒水车无疑干扰了我的反应。我被汽车过后留下的一片湿漉漉的路面吸引。这使得我从进门到推门外出的整个过程保持了沉默。店铺的单扇的玻璃推拉门就在右手的前方。不幸的是我恰好是一个左撇子。我伸出左手时，整个身体在平板的玻璃面前形成别扭的曲线。

然后继续前行，沿着横贯市中心的林荫大道向西走去。在第一个交叉路口，斑马线的这一边，交通灯转绿时，他似乎察觉到了某种变化，然而五十秒之后，这一切，又将改变，回复原样。

他没有能够在接下来的再次倒数中到达对面，我也因此而变得紧张起来。

旅馆的房间

一

我把香烟放回烟盒，放回到桌上，手松开在空中画了一道弧线。现在，手托着右腮，头侧俯着，眼睛盯着桌面。烟盒几乎没有任何变化，除了揭盖部分的塑料薄膜纸被撕开揉皱了扔进烟灰缸之外。这时候，它正处在缓慢的膨胀过程中，相信要回复原样几乎是不可能的事情。另一个不可能的事情，也许是否认上述动作的真实性。

首先，我并没有带香烟。我的面前是划分人行道与机动车道的铁栏杆。双手的动作是保持了长时间的撑扶姿势。眼睛平视，面前的各式交通工具处于不断地运转中，相向而行。旁边的榕树遮挡了阳光，形成的阴影正好遮住了我的身体。

其次，左右两个方向几乎是等距地分布着两条斑马线。现在，我站立不动，并不说明我处于犹豫之中。我和身前身后不断地移动的人和物形成强烈的反差，但我和阴影保持不动。没有风，所以树荫保持了静止的状态。

最后，我开始向左移动时，取消了向右移动的可能性。移动保持了均匀的速度，所以在到达路边的某一幢大厦时，我并没有气喘的身体反应。我跟随前面的一中年男人进入了大厦；自动玻璃门在身后慢无声息地合拢。两片在轨道上滑动的大玻璃最终形成了之间的缝隙。两人一前一后的脚步声具有某种重复的性质，似乎是回声。在进入电梯的梯箱之后，他回转身，这时，我们才面对面地打量了对方。我进去时，他闪过了有数字按钮的一边。我伸手过去抢在他之前按下了关门按钮，紧接着是表示楼层的数字。这时候，他一动不动。后来证实他和我并不是同一楼层的乘客。我出去后，相信他在厚重的金属门紧闭合拢时，按下了两排数字中居高的一个。谁知道呢？

我敲响紧闭的房门时，另一楼层的过道上响起了脚步声。等待了长时间，并没有回应。这个位于走廊尽头的房间，旁边是不锈钢管的护栏，再过去就是长条的玻璃窗，是整个玻璃幕墙的一部分。从楼下仰望，甚至可以看见游移其上的浮云。

他取出一根香烟，再把香烟放回烟盒，放回到桌上。一副扑克牌也是烟盒般大小。放下东西的手现在拿着一叠牌。用了不少于三种方式洗牌，之后在桌面分发了三家，牌面朝下。他坐着一动不动，对着分成三等份的一张叠着一张的扑克牌，默不作声。

她从床上起来，听不到室内有任何声响，以为只有她一人。所以当她光裸着身体走出客厅时，看见他一动不动的背影还是吓了一跳，全身的肌肤一下收紧。

这种不适的身体反应瞬间即逝。她看见熟悉的垂挂于右耳的银圈——她习惯于在床上把玩它——马上伸出手去。一边向前移动的腿脚缩小着两人之间的距离。也是在短时间内，冰凉的金属圈握在手心里。现在手松开，拇指和食指拈着注视。他任由她做出进一步的行动，动作稍显迟缓但还是配合了从后面伸过来的双手（捋起了衣服），双手举起，裸露出上身。

围成一桌而坐的三人等待着。牌一张紧接一张地从他手中飞出，在面前散开堆成一小叠。按照顺时针的秩序分牌。现在每个人手上拿着数量相当的18张牌。在手上摊开，形成一个扇面。每一张牌露出的部分正好可以看见数字或符号，还有图案或图案的一半。

在掌心的一个点打开。一团揉皱的塑料纸随之缓慢地膨胀。另一只手上的烟盒满满地打开了揭盖之后，可以看见一个个紧密结合、互相切割的圆圈，在同一个平面上，之间无可避免地形成了空隙。用手指敲打着烟盒的底部，弹出了两根烟，我只取其中的一根。在点上火喷出了第一口烟雾之后，我产生了一种不真实的感觉。

这种虚弱的身体反应并没有因为烟雾不断地消散于空中而有所减弱。

有人开始出牌。牌面最小的一张牌引发了一连串的行动。重复地打出手上的牌，直至拍拍双手表示再无任何悬念。其余两人紧随其后也扔掉了手上所剩的纸牌。其间烟雾来自燃烧的香烟和呼吸管道，曾经浸润了干燥的肺部，现在刺激着充血的眼睛。在一种亢奋的状态下重新整理了散乱的扑克牌，等待着。

由——对称的房间组成的狭长过道，昏暗，柔软厚重的地毯吸收了连续动作的脚步声。在幕墙玻璃和不锈钢扶栏之前，在两扇紧闭的几乎完全一样的房门之间，只有之上的房门号码让人安心。这一连续的严格按照某种编码顺序的最后两位数字遵循了奇偶对应的法则。在由代表楼层的数字（居前）和两位自然数组成的号码在铜板上蚀刻而成。我反复左右打量了好几次，最后目光转移至地毯上，在我站立的位置偏右并且靠后的地方，处于两根铁管之间，位于玻璃和扶栏形成的空隙之前，一纸碎片吸引了我的目光。我俯身捡拾起这泛着暗淡白光的纸片。相信是从一张正规的纸张上撕下，从它不甚光滑，凹凸的边缘可以做出以上的判断；接下来上下翻看还可以让人惊讶地发现上面并无任何字迹和沾染上些许灰尘。我并没有其他的事情可做，唯有等待。现在，停留于翻看手上的纸片。

窗外阳光的消失可能是大片的云正好经过，同时使得室内的昏暗更接近于黑暗。我手持着纸片一动不动，没有发出任何响声。

二

　　在我做出向右移动的决定时，之前形成的烟雾散尽。手中的烟蒂尚在燃烧，包裹着结构松散的烟灰，只要我的手不抖动，我暂时不挪动腿脚，它就不会掉落，在地面形成松散的灰烬。实际上，栏杆之外的双向车道上行驶的车辆只听命于前方定时转换的红绿灯。身后路人的行走听命于更为复杂的召唤。唯一可能的变化，我们称之为偶然性，现在正导致两车相撞。类似的事件几乎每天都发生，它的偶然性在我翻看报纸的 B 叠时，被进一步削弱。在餐厅坐下等人时，或在办公室喝了一口茶水之后打开报纸，同样的内容被改动了时间、地点和数字。我继续前行，车辆就在身旁疾驰而过。如果这时候，来一场暴雨，路人四处奔跑躲避，我也是其中一人，迅速闪进了一家专营通讯器材的店铺，之后又出门在阳台下抖动双手和撩起上衣的下摆擦脸。湿成一团的头发不断地往脖颈和胸前滴水。雨水打在广告牌上、树上，往下滴落，与直接打到地上形成一缓一急的两种景观。下雨给人的直接印象就是"不断地"，几乎没有停止的迹象，一开始……

　　更多的人在短时间内聚集到身边。没有相熟的人，也没有结识的可能。大多数路人像我一样，眼望前方，等待着；另有不多的几人是同行者，相互交谈着，保持着一路上过来时的健谈，也许转换了即时的话题。有人主动和旁人搭话，关于这场突如其来的暴雨，来不及排水的下水道等等。

事后想起来，雨是逐渐减弱，变小的，并没有突如其来，突然而止。我，我们等待了一样长的一段时间，然后四散离开，向左或者向右。有人翻越栏杆要到对面去，在快速行驶的车辆之间，险象环生。在报上是一幅横尸的照片，及短小的报道文字。腿脚和四周的地面沾染了血迹。

大片的云正往远处飘移，在我俯身看路时，甚至可以看见从地面坑洼的积水上迅速掠过的云影——之前也掠过了头顶。人行天桥横跨了马路，楼梯盘旋着向上。在走过了六十米长带有不锈钢遮棚的长廊，又再跟随螺旋的楼梯向下，没有遇到任何阻碍，直到楼下，我按响了写有房间号码的按钮。

紧接着响起了"嘀嘀"的声音。面前的不锈钢铁门在两三秒过后"嘀"的一声松开了横插。

房门半开着。我敲了门，然后等着，没有任何反应。我推门进屋，客厅里除了各式物件——家具、电器、盆花——在各自的位置上之外，再无其他。卧室的门打开着，没有进去之前，我已经看见站在窗台边上的她的背影，一动不动。我轻声走过去，从后面揽住了她的腰。这时候她也未曾哪怕是挪动一下身体或回过头来看我一眼。

三

我看见你翻越栏杆，在马路中央四处闪避汽车，你伸手让一辆公交车猛地刹车，利用这难得的空档迅速向前移动，留下了从窗口探头而出骂骂咧咧的司机。你还把手放在了摩托车驾驶者的身上，他似乎理解你这一冒险的行为，并没有做出进一步的行动，继续前行，留下一溜烟的尾气。有两次，我以为汽车会把你撞飞到五米之外，如同电影里的场面一样。然而在此之前，你却手扶栏杆，几乎一动不动。我也这样从窗台上看着你。有一些动作被栏杆边上的广告牌遮挡了，最后我看见的是手上无端多出来的一盒香烟，也许还有打火机——这是确实无疑的。接下来，一辆两节车厢的公交车驶过，再一次遮住了某些连续的手上动作。汽车驶过，你并没手夹着香烟离开嘴唇，也没有产生缓慢上升，正要消散的烟雾。也许只是从盒中取出了一根香烟，又再放回了烟盒，中间并没有犹豫的时刻，放回到裤袋里。

这时候天桥上的行人稀稀落落。有一次我错以为穿白衣的青年是你，正俯身和一名摊贩讨价还价。也许是我的精力不够集中产生的错觉。有那么一会儿，我转移了视线。天桥上不断走动的行人缓解了疲倦的视力。再回过头去找你，你已经不在。这时候我才清楚地看见一直遮挡了你的下半身的广告牌上的广告词。

之后门铃响了，这让我做出了刚才在天桥上的人是你的判断。我转移视线之后，你从地上站起身，活动了一下腰肢，然后向前行走，这一次，并没有理会两边不断向你吆喝的摊贩。我盯着广告牌正吃力地辨认上面大小不一的文字，这一行为浪费了我的时间，也让我错过了看着你一路走来的情景。你身上的白衬衫虽然在树下的阴影里，但还是或多或少地折射了地面反射的阳光，让我感到疲倦。

我等待着。可以想象你在铁门的横插松开之后进入大厦。看报的保安抬头从老花镜后看了你一眼。你走过长廊的影像呈现在监视器的屏幕里，保存在录像带里，在90分钟盒带的某一段落里：走廊空无一人，这种状况保持了长时间，直到你从门外进入才打破了寂静。你在电梯前等待着，把脸转向大门处，然后消失于电梯可乘载15人的梯箱中。屏幕上再无任何动静，可以看见的一幕白墙，上面挂了一幅湖边风景的油画，右边的尽头是紧闭的铁门，一直过来是"深邃"的过道，整个画面被扭曲拉长了，你的影像也不例外。

你在吗？当时。多希望来一场暴雨，而且是一场突如其来的暴雨。你一定要躲避，也许就会冲上天桥，在我的视线范围之内，离我越来越近了。被闪电催逼着，还有接踵而来的连续的轰隆声，突然撕裂和炸开。催逼着，冲进大厦，我感觉就像进入了我的体内，这种感觉如此强烈，足以摇撼窗台。

而你在电梯里摇摇晃晃地上升，离我越来越近，越来越深入，中途也许还会出现突然的停顿，梯箱猛地向下一沉，霎时间灯管明灭——熄灭。这时候，你出汗了吗？你还会一声不吭，甚至都不挪动一下腿脚，就此而点上一根烟吗？这黑暗中突然燃烧的磷火和木屑以及烟草，燃起红红的炭火，可以灼伤我身体最娇嫩的血肉……

第二天，凶手在下湾区被捕，当时他在穿越马路，看样子是想要自杀。在发生凶杀案的那个夜里，警察们在现场附近的一条巷子里发现了用于杀害被害人的水果刀，一件沾血的白衬衫，还有一本《麦田的守望者》。这在八十年代是第三次发现一个杀死或试图杀死被害人的潜近者拥有这本小说。

——《塞林格传》，P222，
保罗·亚历山大著，孙仲旭译，
译林出版社 2001 年 9 月第 1 版

午后微风

——根据对位法而作

夜色

一

3月28日，下午，三点刚过，我对着墙上的挂钟做出了以下决定：从现在开始，一个星期内不踏出家门一步。一直到4月6日下午三点钟过后，我出门到旁边的小店里买烟。我的烟在3月31号的晚上已经彻底断掉，接下来的几天里我似乎备受煎熬。也许难以忍受的还不止这些。

我开始外出，第一件事就是到旁边的小店里买烟。我没有换鞋，穿着拖鞋说明我并不想走得太远。刚下过雨的地面到处都是积水，一直以来坑坑洼洼的路况是这一带的基本状况。我脚上踏着的拖鞋无疑使我极不爽快，行走时，即使你多加留意，还是无法避免泥水溅到裤脚处，几分钟后，我嘴里叼着香烟（正好没有我抽的那个牌子）回到家里。站在门口，我突然感到一阵头晕。

手扶着门框，站了一会儿，紧闭上眼。

等待着旋转的感觉消失，身体慢慢地恢复过来。我把拖鞋放回到鞋柜里，光着脚走进房间。尽管嘴角的香烟不是习惯的口味，但在这一刻似乎也变得理所当然起来。

也许还可以遵照过去一星期刚建立起来的习惯。就是先找个地方坐下，也许就在窗前，对着落下的竹帘，就这样坐着。坐下来的时候看见窗口旁边的墙上，挂钟的指针正好形成一个直角，也即是说现在是下午三点三十分。等心情变得平静，可以听见挂钟摆动的声音，窗外的车声和人声，甚至可以听见楼下小店里一男一女的对白。

我打个电话给我爸，你要买烟吗？

他这里没我要的烟。

喂，爸爸，我今晚可能回不来了，我碰上了一个同学。

那好，我会早点回家的。

我们去哪呢？

还早，先随便走走再说。

时间过得真慢。

我等着。在书桌前，正对着窗台，我的日记本在抽屉里。我打开抽屉，取出棕色硬封皮的本子，我翻到4月5日之后，在抬头的第一行写下今天的日期：4月6日，晴。然后这时候我听到了雨声。我把晴字涂掉，写上"小雨"两字。雨一直下着，在我记录和描述今天的文字里渗出了一摊墨水。我看着它缓慢地把左右和上下的几个字淹掉。

这时候门铃声吓了我一跳。急促的铃声反复响了几下。我从桌前走向房门的时候，还在想是谁呢，一般这个时候很少有人会来串门，尤其是近来我的生活变得封闭起来之后。因为愈期未交费，我的电话被停机了，同时我也关闭了手机，我不再外出，只吃饼干和喝水。现在我的手里拿着钢笔，它还在漏水。我的手指头因此而黑了一块。我不得不用左手开门，因此门打开的时候我整个人都被门板挡在了后面。有那么几秒钟我们彼此都没有看见对方。

喂？（这是她的声音）

我在，从门后面闪出来把她给逗笑了。

原来是她，手里拿着的伞不断地在滴水，很快地在地上形成了一小摊积水。她的头发和眼镜片上也沾了小水珠，裤脚也是湿的，看来雨下得不小。这样想的时候，我马上意识到了有什么不对劲的地方，但又说不出来。我愣了一下，直到她再次出声才把她让进屋里。

我们坐在刚才我坐过的地方，只是稍稍地改变了一下姿势，也许改变的还有当时的情景：我不再是一个人，我把身体扭转向坐在我的左手边的她，不再对着窗台。我们之间的台面形成一个直角。我的手指被墨水染黑，桌上打开的日记本，黑影还在渗开，我抬眼看了看窗外……

二

我说，再喝一杯，她点头默许。然后这个时候音乐停了，这是两首歌之间的一个间隙，我们听见雨声。雨越下越大了，不知道是谁这样说。我可以参观一下你的卧室吗？这是她的原话。我们起身，我打开房门。我脱鞋进去，她站在门口向里探望，我说，你快进来，她进来之后门向后面缓慢地摆动。现在我站在她的身后，我真想上前一步，猛地抱住她，把她放倒在床上……这些只是电光一闪的念头。我是一个有礼而热情的主人，我向她介绍我的卧室，小阳台、洗手间和衣帽间。她喜欢我的床铺，还有木地板上的麻布地毯，像每一个女孩一样喜欢洗手间。

然后是下楼，再喝了一杯，她要告辞了。确实，十一点半了。她走了。我在她之后也来到街上，我很快地拐进了一条小巷，很随便地搭上了一个很随便就跟你走的女孩，再过一个街口，就有一间旅馆，登记、付钱、拿钥匙。我们进到房里，我迅速地把她按倒在床上，几乎是直接地进入她的身体，没有任何的过渡。

"……再过一个街口，就有一家旅馆，在马路的对面，红色灯管的霓虹灯闪烁，汽车不断地在身旁飞驰而过，溅起一片水花。我拖着她的手转身向后走去，来到旁边一条小巷的阴暗处，她靠在墙上，我的两手撑在她的脑后，我做了一个让她感到目瞪口呆的动作，就是从口袋里掏出两百块钱塞到她的手里。我走的时候，她还靠在墙上。

"我回到家里，头发湿了，身上的风衣和牛仔裤也是湿的，眼镜片沾满了水珠，一进屋就布满了一层水汽，布鞋也一定湿透了，因为我的脚都快冻僵了。"

午后微风

一

之前有两个人从楼顶上往下跳，一前一后，在空中停留了两至三秒，可能有四秒，到达地面的水泥地板时保持了一前一后的顺序。先后听到两声沉闷的撞击声，应该是骨头折断和内脏碎裂的声音。在地上停留了不到十五分钟，被从救护车上下来的两男两女分别移上担架抬到车上。车门关闭，留下一阵烟尘（由车底的排气管道排出）和围观的人群。

我也在其中，最后我们见到的只是一摊鲜血，已经逐渐凝结，颜色变暗。从我们见到有人在楼上并且是两人到最终楼顶空空，现在是事情发生之后，我们还不愿离开。我把右手绕过去揽住旁边女孩的腰身，左手继续放在马路的铁围栏上。再一次抬起头仰望，似乎看见了正处在飘落过程中的羽毛状的物体，也许只是衣料的其中一根棉线，在干燥耀眼的阳光下若有若无。

耳中仍久久保存着救护车警报的响声，眼里晃动着转动的红蓝灯影。在天色变暗以前，我们再也不知道如何打发剩下的时间。其中一人觉得可以爬上楼去看看。另一人不会有任何反对的意见，拉着手就往前走。

要跨过面前的铁护栏。她双手撑扶，摆动双腿轻轻一跃而过，站立在马路边上。我随后模仿了她的姿势，并不能像她一样轻盈地摆动，在落地时，腿脚一软，身体前倾,差点和一辆横向驶过的摩托车发生碰撞。这时,她迅速地拉了我一把。

没有跨过护栏之前,我们和前面围观的人群甚至隔开了一条双向六车道的马路。我们先是看见二十四层的楼顶,就在大幅的广告牌旁边,坐着两人,并把腿脚放在楼外。后来,就在我们专注于计算楼层的高度时,发现人不在了,紧跟着看见两件物体从高空坠落,其中最先的无疑是人体,紧随其后的看似一个黑色的背包,胀鼓鼓的,原来也是人体。也就是之前一直坐着的两人,在起身之前,也许还后退了几步,再加速。我们的想象力弥补了被来往的车辆和行人遮挡住的部分,也就是血腥的场面和触地时的巨响。

然后是尖刺的救护车警报声,单调地重复着,由渐弱变清晰,直至就在身边的嘈杂。现在人群还没有散尽,反而更多的路人围拢了过来,紧紧地包围着警方划定的范围。我们挤了进去,勉强看见了地上的血迹,似乎还有一串钥匙和几枚硬币。

从人群中脱身,我们跑上台阶,迅速地闪进在轨道上滑行的自动玻璃门后,置身于冷风吹拂的大厦内部。我们拉着手往里面走,并没有受到保安的阻拦,在纵深处的电梯口前我们按下了上行键,黑色的带有凹槽的箭头在指触下变成红色。金属门框的上方,中间的电脑显示屏上反映着倒数的数字,保持着均匀的速度,15、14、13……在叮咚的一声之后,两扇金属门向左右两边打开,缩进了大理石覆盖的墙内。里面站着两男一女,穿着制服,臂肩上绣着警察两字。我们对望着,没有人做出任何可能的动作，比如恢复之前的交谈，或向前迈进一步，或收回落在对方身上和直视对方眼睛的视线等等。这样的状况维持了也许不到五秒，因为两扇电梯门这时分别缓慢伸出，正要合拢。三人中站在前面的伸出了双手，一边一只撑开了正要紧闭的门扇。金属门现在又再消失于墙内。另一人及时地伸手按住了开门键，两个相反的黑色箭头。他们出来时，我们闪过了一边。我们并没有急着进去，犹豫着，他们出来后转身向这时又再敞开的自动玻璃门走去。进来了两人，她在等待玻璃门缓慢地打开时回过头来迅速地看了我们一眼。

这时候，电梯门关闭，楼箱发出沉闷的声音开始上行。数字再次变换时，我们已经决定了不再等待，向旁边的楼梯口走去。

二

事实上，进入室内之后——身后的玻璃门分成两扇的大玻璃正在合拢，互相接近——光线的强弱变化已经缓和了紧张的视力。室外强烈的日光被阻隔在门外，玻璃磨砂的表面反射了大部分的光线，只有不多的一部分穿透过了玻璃的晶状结构，参与了室内各种人造光线的照明。枝形吊灯，壁灯，台灯，射灯，无一例外地散发出柔和的暖色光线。与室外只有玻璃之隔的地方，则显得过于明亮或苍白或灰暗。

在大厦纵深的电梯口前，自然的光线更加微弱。在厚重的防火门的另一面，这种状况得到了加强，厚实的砖墙之上没有任何窗洞，只有天花顶上间隔分布着的吸顶灯散射着昏黄的光线，使脸上的表情变得阴郁。我们再一次犹豫，靠在墙上。防火门围绕着转轴的晃动仍没有停止。轻微的左右摇摆。她伸出食指顶在门面上。正在消散的作用力通过食指传达至全身，在传送的过程中缓慢地散尽，最终恢复到之前的静止状态。我也感受到了某种类似于水面波纹般的效力。一种酸麻的感觉由胸腹向大脑涌起。我抖动了一下。

没有人出声。直至我的唇间升起了烟雾。她侧脸从我的嘴角夹走了香烟。刚刚吸了一口，或借助于仅有的氧气，猛烈地燃烧了一会儿，烟头正在由红变暗。没有一丝风，所以烟雾得以保持着垂直上升的态势，甚至一开始勉强维持了从口中出来的形状，一个个烟圈或一个长的烟柱（带有呼的一声，虽然微弱，足以听清）。

事实上，两人都在等待着吸入最后的一口烟雾，再喷出，然后烟蒂从指间落到地上，低着头，用鞋底（前面尖头的部分）揉搓熄灭。仅剩的过滤嘴部分包裹着白纸，现被踩至扁平，再蹭了几下，白纸裂开，翻出了黄色的纤维物。就等着这一刻，这几下连续的动作之后，两人从靠着的墙上前倾，挺直身体，保持着协调同一的动作。

脚上的皮鞋开始叩响悬空的水泥板楼梯，发出单一的、重复的回响和真实的叩击声混合，在尝试了十一二级台阶之后，已经难以辨认哪是回声，哪是脚步声。她紧随其后，在楼层的中间，有一个狭小的转角，转向相反的方向。在面对一幅白墙时，她跟了上来，这时候，我们几乎又再同步。在一到两秒的时间里，我们一动不动。

继续重复向上攀爬的动作，抬脚和收脚，拖动着右腿向上。在数过了十二或十三之后，又再来到一个平台，长条的空间，大幅的白墙的右边是厚重的防火门，漆成墨绿色，与门扇之间形成一条显而易见的缝隙。在人的推动之下，人离开之后，仍然持续了长时间的摆动，微微地震颤着，直至最终停顿。把手指抵在门面上，化解了围绕着转轴的作用力。

在楼梯转角的梯级上并排坐下或一高一低，任由烟雾在指间缭绕。在离开唇齿之后并不急于上升，平行地移动了一段距离。在一楼的烟雾消散尽尽，在九楼或十楼的中途，烟雾不断地填充着空无一物的空间，连同天花板和三幅白墙构成的狭小空间。它的充满几近于消失，混同于空气中各种微小的颗粒，掺杂于其中。

我不知道烟雾是如何消散于我们的眼前，最终消失于不可见。作为一种物质的存在它远较人的失踪神奇。我们不可避免地联想到之前发生的事情。在强烈的日照下——太阳已经较中午偏斜，向西面移动着，似乎正要下沉，落下——我们的抬头仰望被屡屡干扰，眼睛被照花，头脑晕眩，不得已而低下头，紧闭着双眼。

她把手放到我的双肩上，轻轻摇动或轻轻按摩，在烟雾填满整个空间或叫作消失了之后，她的手部动作代替了烟雾般的分子运动。使得我的血液加速流动，肌肉变得松弛，连同所谓的心情或情绪也变得放松。我闭上眼，在可以计算的、划分为等分的时刻不断推移的过程中，动作变得缓慢下来，最后是双手搁在双肩上，一动不动。

考虑着要不要从地上爬起身，拍拍后袋上的灰尘，在它们还没有完全降落到地板上时离开。在楼梯的转角出现时预计到下一个转角出现的时间，如果没有因此而放慢脚步，体力的分配应该是在一个合理的范围内。相同的白墙、转角平台和圆弧形的水泥楼梯扶手在经过了脚踏、手摸和平视之后又再出现。在心里默默地数过了十二或十三之后，是一堵白墙，手掌并没有离开冰凉的水泥面（带有一天一夜或两天两夜积聚起来的灰尘），全身的重量压在鞋底皮面或塑料面上，溅起一阵灰尘，沾上了裤角。

在没有预计的第十五层，白墙右面的防火门突然消失，现在只留下一个门框。

三

两个人在灰暗的光线中行走，落在后面的似乎只是前者的阴影。地上的砖石，木板和水泥刀，塑料桶覆满了厚厚的灰尘。在角落里张挂着的蜘蛛网，也落上了灰尘和蜕变的单薄的空壳，灰暗得和尘土和光线的颜色一般。再往前走，这里的楼梯并没有用水泥砌成，只是刚刚钉了木板就中途退出，留下一个雏形的模具，在往上爬行时，发出摇晃的嘎吱声。每走一步就溅起一阵尘土和留下一前一后四个清晰的脚印。

在二十四层的楼顶，还在楼梯间内。被拆除了防火门的门框露出了蓝天和白云的一角，下面是灰色的水泥围栏，以及延伸至脚底的水泥地面（坑坑洼洼）。风不断地灌进来，发出沉闷的嗡嗡声。在楼下时已能隐约听见，现在置身其中。

在偏斜的太阳的光照下，风吹动着褪色的彩旗、枝形天线和地上的易拉罐和旧报纸。在右手边，再过去是一个可以上楼梯的平台，高过了水泥围栏，最上面铺设了空心的隔热砖。坐下时压碎了已成鳞片状的苔藓，把脚放在了楼外，就在巨幅的广告牌旁边。

光线由明亮变成金黄。我们低头往下看，街上的行人如同蚂蚁般爬行。我们回过头去，也能在身边发现爬行的蚂蚁。它们把撑扶在地上的手掌当作了一座土坡，皮上的毛孔是一个个坑洞，栽种着低矮的植物，散发着也许是食物的味道。

光线渐暗，这时候我们听见了一种重复的叫声，似乎来自二十四层的楼下。我们再次低头时，看见楼下已经聚集了一群人，头往上仰，扁平地贴在地上。眼睛平视，可以看见这个城市几乎大部分的屋顶：一个个凹下去的方格，向远方伸延，终止于橙黄的太阳落下的地方。

我从地上撑扶着起身，把腿脚收回来，向楼里走了几步，发现掌心嵌进了沙粒和满是尘土。

中午的海岛

（存目）

葛洲岛，离陆地只有几百米，就在避风港前面。岛上只有一个居民，靠捡海浪冲上沙滩的塑料瓶为生，收养了几条流浪狗。每次到岛上去都只能远远地看到他在沙滩上，后面跟着他的狗。有一次在台风过后再去，简陋的房子已经倒塌，一片狼藉，被整夜的暴雨冲刷后，每样东西都在阳光下闪闪发亮。以后就再也见不到他人了。我和女友在防波堤上躺了一个下午。这可以是一个十来页的小说。

中午的海岛

梁金山

1. 拜访者

浮在水面，摆动双脚让自己稍稍动一下而不至于沉下去。这时候想到的是另一个水池。那里的水更深，而不是现在这个，边上还有不少区内的小孩在戏水，兴奋得乱叫一气。同伴已潜到水里，很难从众多的泳客那里发现他的身影。他们几乎是在差不多爬上岸时才发现对方原来正好都在自己的旁边，一前一后从水里上来，浑身湿漉漉地面对面呆站着，为正好同时发现对方而感到不知所措。他绕着泳池边走了大半圈去拿毛巾。另一位还坐在地上不想动，被用力地拉扯起来。

这样的一个下午很快地就过去了。后来剩下一个人站在公寓楼的阳台上。原本身上还有那么点水珠，早就被风吹干了。现在他往花洒里灌满了水，开始浇花，直到确保每一片叶子都带上水珠时才停手。做完这些之后，天还没有黑，仍然很亮，抬头一看，有一大片一动不动的云，反射了落日最后的那么一束强光。

醒来的时候发现自己一个人躺在床上。身上盖着毛巾，房间里满是冷气，冷气机还不断地吹着，叶片上下摆动。他感到有点冷，就把毛巾往上提，拉到下颌处，双手也缩了回去。他躺着，尽量保持不动。

这样又过去了一周。周末时，他又过来了。两人站在阳台上，其中一人还偷偷地挪了下位置，以便在他毫无察觉的情况下又站在当天的同一个地方。他们看着楼下围墙那边欢闹的情景。每次有人在岸边奔跑着像一块石头落入水中，溅起一大片的水花，他们都会笑出声来。有人留意到他们之间仅有的几句对白，几乎和上星期站在同一位置时说的差不多。

在水里，有人还是习惯性地浮在水面。同伴最后跟在后面说了一句什么，大意是你大部分时间就像一具浮尸。对此他没有什么好说的，回过头去露齿一笑就打发掉了。

接下来的一周，没有他的任何消息。周日接近黄昏时，他打来电话，说要过来游泳，还要带个朋友过来，用的是一副神秘兮兮的声调。很快就没有什么悬念了，无非是他新近认识的一个女朋友，样子还挺标致的。

大部分时间里，他浮在水面，双脚轻轻地摆动着让身体能够保持着不至于沉下去。她从他身下潜过去再翻上来时把他弄翻了。当时他的身体很放松，处于毫无戒备的状态之下，所以落水时还狼狈地喝了好几口水，把头抬出水面之后是扶住胸口一阵猛烈的咳嗽。她在旁边一边笑着一边给他拍背。

晚上剩下一个人半躺在沙发上看电视，剧中有一个很多人在游泳的场面，从岸上跃向水中的人接连不断，溅起大片大片的水花。有一个从远处走来的相信是女主角的人，穿着浅黄色的比基尼，身上好像还是干的。越走越近，最后是她的脸部的一个大特写，嘴唇向外翻着，红红的，肉感得很。这时候就响起了电话铃声。

他对她说，你吓了我一跳。回过头来再看电视时，已经不见了那女人的踪影。她说，你知道我是谁吗？不知道。其实，当时我真的不知道是你。后来有一天，还是在同一张沙发上，她枕着他的大腿躺着，他低下头凑近她的耳朵悄悄对她说。能感觉到她的笑脸马上沉了下来，他迅速瞟了眼楼下围墙那边的池水，灰灰的，正在收紧。前后两次差不多都是那个时间，后来只是快到冬天了，天黑得早，正沉默着，天就完全黑下来了。

当时她还说了一句你的咳嗽好点了吗让我印象深刻，但以后我从来没有跟她提起过这一点。我们东拉西扯谈了好长时间，一直到把电话挂了，她也没有再问我知道她是谁吗这样的问题，虽然她在谈话中一次也没有提到他（好像他从来就不存在似的），但她肯定知道我知道她是谁。她让我先把电话挂了。

她搬过来和我同住之后，我就再也没有接到过他的电话。直到有一天——那时候天气已经转凉，但还不至于要添加衣服——再次接到他的电话，正好也是一个周六的下午，时间也刚刚好，他说要过来游泳。我说好啊。

她说她不好意思见到他，我就提议她去看电影。

她走后没多久，他就到了。

我们站在阳台上抽烟，评点着楼下游泳池中稀少的泳客。现在就剩几个热爱锻炼和生活严谨的学生了。我同意他的看法。

我们换了衣服下到水里，池中的人也不多，其中的一个中年男人颇为眼熟，仰躺着，双脚轻轻摆动，胖胖的身体向前挺进着。我们则一反过去，在砌成不规则椭圆形的池中比试了好几个回合。我们回到家时都感到精疲力尽。他身上还是湿漉漉的就往布面的沙发上一坐，有气无力地对我说拿一条干毛巾给他。我待在房间里翻箱倒柜的时间稍稍长了些，出来时沙发上已经没有人了。接下来我找遍了不到八十平米的空间，哪都找不到他。房门是锁着的，阳台上也没有人。我俯在铁栏杆上往下看，水泥地面的平台干干净净的，连一个纸片都没有。

我从阳台上转过身，站着不动死死地盯着沙发看。

布面沙发上的水渍似乎扩大了，也有正在缩小的嫌疑（因为光线昏暗的缘故？）。空气干燥，再加上傍晚时还起了风，一直猛烈地扯动着布帘，甩动着，撞击着分隔阳台和客厅的玻璃推拉门，发出啪啪的声响，在布满了各式家具和摆设的室内回响着。

唯有过了很久之后的一次钥匙转动门锁的金属声打破了这里的沉寂。

2. 水渍

她换下来的外衣还挂在洗手间门后的挂钩上。口袋里只有不多的三张十块的纸币和一个一块的硬币。我把牛仔裤和白色的衬衣折叠好，放在洗衣机的箱顶。这时候她就回来了，我还来不及打个电话到她家里。

她没有问我下午的情况，只是不断地跟我谈论她刚看过的一场电影，已经开始十多分钟了……她枕着我的大腿仰躺着。这个晚上才刚刚开始。她说当她走出放映厅走到街上时，街道笼罩在刺目的初秋阳光中，干燥而明亮，可是不知怎么的却给人以放心之感。一个灰白色的女人在垃圾箱里搜寻破烂。

她就站在离那女人不远的地方，为了掩饰内心的不安，她点了根烟，然后偷偷地看着。后来她挪到旁边的一根电线杆的侧面，这时候捡垃圾的女人反而走了。一直往前走，最后消失在一条横巷里。她没有跟上去，只是站着不动，又点了根烟，直到天色和喷出的烟雾混为一体才想到要动身回家。

她说在车上发生了一件意想不到的事情。有人在车还没停稳时从敞开的车窗跳到马路上，居然没有摔倒，而且马上奔跑起来。她因为站在车厢的另一面而无法看到事情的整个经过，但还是能感受到现场的突发和轰动的气氛。她说当时整车的人都往一边挤，希望能看到点什么。但很快那个人就不见踪影了。她完全不为所动，司机也是，照样把车开离了车站。我问她是怎么想的，很久都没有得到回应。

她已经睡着了。

我把她的头轻轻地放到旁边的小枕头上，然后再把搁在外面悬空的双脚挪到沙发上，再稍稍地把身体摆正了以便她有一个舒适的姿势。有那么一会儿，她眯缝着眼睛，喃喃着说了句什么。我俯下身去，她已经不说了，向里面翻了个身，蜷曲着身体，只那么一会就变得平静下来。

我出了门，在电梯里察觉到一股烟雾消散之后残留的烟味。

经由小区带遮棚且曲折的过道，可以看到树木掩映下的游泳池，不时露出它的一角，因为它轻轻晃荡的水面和透露出池底蓝色瓷砖的幽光，我的脚步变轻了，似乎只要一蹬脚，就能够浮起来。在空中，只要轻微的动作或甚至只要一阵轻易察觉不到的风，就能推动着向前飘移。

再往前，车辆和住客出入的大门，边上就是以围墙隔开的技术专科学校，沿着围墙向反方向走，整个人几乎就在它的阴影之下。有时候，头在双肩上耸动的影子越过了界线，扁扁的，被拉长了。这说明墙并不总是直的，在这里有一个弯拱，以配合那边某个建筑的特殊需要。从这里——四周都是亮的——很容易就辨认出其中黑黑的阳台和房间窗户。就是这里了，还可以隐约地看见凝固的盆栽植物的枝条。这一刻，没有风使它们摆动。

只要轻轻地向上一跃就可以攀上围墙的平顶，身体悬空，十指紧紧地抓住砖块的边沿。这时候能感觉到一股向下拉扯的重力，没有等到它将气力消耗尽，身体尽力向上提伸和腿脚同时跨越。当站在一块方砖大小的墙顶才意识到不能做出像预想中的逗留。落地时还真的想起了从窗口跳下的人。身体向前一个趔趄，顺势就跑起来。

把脚下的衣服踢开，似乎只是为了摆脱身上的那股烟味。继而在池边蹲下，伸手舀水向身上浇，往胸前和后背。然后顺势坐到水泥地面上，腿脚伸直了滑入水里。双脚在池底站定，双手攀上了边沿的瓷砖，头向后仰，然后一动不动。最后的动作是双脚一蹬，手松开了，身体也就浮了起来，还顺势向后推进了几米。这时候回看整个小区一字排开的楼房，在熟悉的那个高度上似乎都亮着灯。我尽量让自己保持在水面不动，看到不少窗台上有人影晃动。最后目光落到最为确定的一点，包括了一个圆弧形的阳台和一扇方形的窗户，毫无疑问都是黑的。凝固的盆栽植物的枝条在微弱的外光下显得较为清晰。所有的灯光加起来形成一幅极为壮观的图景。

直到我感觉到浑身乏力，整个人要往下沉的时候，我的双脚紧贴着池底站定了，虽然上身仍随着水波在摇摆。发现离下水的地方已经颇远。从一个更靠近的地方上岸，光着身子，还不断地往下滴水。

我穿上衣服，慢行到高墙下，虽然是同样的一个动作，但已经是明显地不如之前了。

从电梯里出来，经过一个转角，能够看到门缝中漏出的黄黄的光线。我的步子很轻，屋顶上自动感应的吸顶灯没有任何反应。我把钥匙插进锁孔里，转动了两下，每一次都发出响亮的金属声。再一推，门就打开了。因为还有相当的距离，我不能看到蜷缩在沙发上的身体。再走近几步。上面没有人，只有一个不甚清晰的印痕，看不出是一具躯体的轮廓。经由阳台和敞开的房门产生的强烈对流，马上就能感觉到风扯动着门帘，并急剧地带走皮肤上散发的热量。汗衫和西裤早已吸干了身上的水分，现在湿漉漉地紧贴着沙发的布面。

3. 游泳池

每天在客厅里走动，经过阳台时总忍不住往楼下的游泳池看上一眼。

有时候，坐在沙发上，脸转向那一边，一动不动，看着池水在没人的情况下，微微泛着波澜。阳光照射在上面，形成眩目的碎片。眼睛都照花了，紧紧地闭上，过了一会又再打开。直到光线变暗，远处传来的市声仍然清晰可闻。眼睛更为适应这时候的柔和光线，身体则因为长时间保持同一坐姿而变得僵硬起来。

天黑下来，直到身后传来钥匙转动的咯嚓声响。

在整个夏天，游泳池里人头攒动。不断地有人从池里爬上岸，一面朝旁边的棚屋走去，一面还滴淌着水；被阳光照射着，身体显得油光发亮。眼睛在长时间地注视下感到疲倦了，这时候看到的水面只是一个个的黑点在晃动。于是闭上眼，头向后仰，身体更深地陷进沙发的布面，里面的海绵在收紧，然后一动不动地躺着。她在池边蹲下，伸手舀水向身上浇，往胸前和后背。肩上的细带歪斜着，露出了一道白色的印痕。然后顺势坐到水泥地面上，腿脚伸直了滑入水里。池中的一个泳者正向这边猛扑，用的是蝶泳，掀起一阵阵的波浪，水往上涌，溅湿了之前还是干的泳衣。包裹着身体隐秘部位的细条布马上吸满了水分。肌肤一阵冰凉，猛地收缩。她晃了一下，向水里栽倒下去，正好和单手翻起、向下猛压、搭到岸边的男人错开。她似乎一直往池底下沉。他的另一只手也搭上了岸边，身体前冲，头向上仰，站直了身子。水波依然很大。他回过头看了下周边，似乎也有所察觉。水里的黑影很像是在潜泳。几秒钟后证实确乎如此。沉入水中的人腰杆挺直，扭动着向前滑行着。

更衣室里除了花洒喷头猛烈的水声，就是四处走动的人拖鞋在地板上拖拉的踢踏声，也有人偶尔地提高了声调在说话。水声很响，几乎就听不见什么，一句话往往要重复上好几遍。外面除了围绕池边的四排路灯照射的水面，就是灰黑的建筑和同样暗暗的天色，里面低低的光管照得人脸色发白，身上的汗毛都很清晰。

水里面早已经没有了人，路灯突然熄灭了，还在荡漾的水面一下变得平静起来。有人从棚屋里走出来，他的身后跟着其他的几个人，手上都提着各式不等的塑料袋，胀鼓鼓的。

水声越来越响。

漂浮在池中的身体柔软、光滑，几乎感觉不到水的阻力，缓慢地上下摆动腰肢，向前滑动着。潜入水中，远远地看过去只能看到长条的黑影在浮移。近在眼前的鱼缸里的小光管一直亮着。除此之外，周边的地方处于黑暗中。鱼在水中几乎不动，要长时间地注视才能发现尾巴的微微摆动。只有纤细得和麦管一样的氧气泵在冒着水泡。

一口气潜到对岸，右手先搭上了池边的水泥地面，紧接着是左手，头从水底猛地向上一蹿，之后双手抆过了脸面。抬头看了下四周，再也没有一个人，只有边上的路灯还亮着。然后是水声，接连不断的水声。没有人声，也听不到其他的声音。

现在已经没有人在水里了。

水位下降了一半，也许还不止。在某个时候，再看时，水已经变绿，也许滋生了某种藻类植物，细细的丝线在水里伸展，肉眼几乎无法看见，但可以察觉到水的颜色在一天天地发生变化，在变绿。再经过半个月，或更长的时间，再看时，水已经放光，经过长时间的日曝晒，池底的瓷砖露出了细微的裂痕，一开始是凝结的泥巴现在成了风一吹就扬起来的灰尘。这时候就有人拿着长长的水管在底下冲洗，污水横流。她不断地用扫把擦洗着地面，驱赶着水流向地漏处。然后又是长时间的曝晒。

因此水温还是适宜的时候，从岸上跃向水中的人接连不断，溅起大片大片的水花，并不能像楼下池中的水花那样完全地展开，它的一半消失于黑色塑料的边框之内。同样的情景一再地重复，以致很难分辨前后两个浪花的区别。有人在对岸沿着倾斜的铁梯缓慢地步入水中，几乎没有溅起什么水花，有的只是轻微的水面的波动，但因为整个水池一直处于动荡不安的状态之中，所以也是难于分辨的。水面下的身体倒可以很清晰地看见，显得有些惨白和浮肿的双腿，继而是坦露的肚腹，在水中歪曲了正常的比例。晃动着。然后，她的双腿在池底的瓷砖地面上站定，双手松开了之前一直紧握的铁管，转身，水漫过白皙肌肤上突出的锁骨，继而是下巴。几米外的泳者猛烈地拍打着水面，形成了连续的细浪，水猛地灌进了微微张开的嘴巴。继而是一阵激烈的咳嗽。等到身体的反应变得平缓时，她深深地吸了口气，脸胀鼓鼓的，然后身体向下一沉，金黄的头发浮至水面。镜头向前移动着，虽然微弱，但是还能够感觉得到运动的存在，然后又再停下，这时候看到的只是在水面浮漾的头发，成圆形。再也看不到水底下变形的身体。一个长镜头，时间长得她把准备的氧气消耗殆尽，头从水底猛地向上一蹿，之后双手捋过了脸面。镜头紧接着摇至另一边更多泳者聚集的岸边。视线不再集中于黑色边线勾勒的框框之内，移至边上的一只空杯，再过去是没有物体占据的空间，光线灰灰的，和方框里阳光明媚、水花溅射的情景形成强烈的对照。

再过去，盆栽植物黝黑的枝条抖动着，遮挡了部分的视线。花洒向前倾斜，直至水喷涌而出，细细的水流从孔洞中射向弯垂的枝叶，经由之间的空隙落到板结的灰土上，或沿着枝条再往下滴淌。直到从盆底渗出一摊带有泥灰细线的水流，在瓷砖的光滑地面缓慢地向前推移。由几处的水流汇成一片，很快地蔓延至塑胶的鞋底，泥灰掺杂在一起，流水变得浑浊。

布面沙发上的水渍似乎扩大了，也有正在缩小的嫌疑，因为空气干燥；再加上傍晚时还起了风，一直猛烈地扯动着布帘，甩动着，撞击着分隔阳台和客厅的玻璃推拉门，发出啪啪的声响，在布满了各式家具和摆设的室内回响。

再也没有蚊子滋扰这里的安静了。

唯有过了很久之后的一次钥匙转动门锁的金属声打破了这里的沉寂。

黄黄的光线马上泄漏出了阳台，把久处黑暗中变得柔软的枝条稍稍地照亮了。绿色显得更加沉着。

沙发的布面现在是干燥的，持久的风吹最后也没有能够抚平它的折痕，维持着某个坐姿留下的印模。

4. 梁金山

一天下午，我想是一个周末的下午。开始的时候，我没有什么想法。坐在沙发上，看着地板上的几个光斑，想到存在着其他稍暗的地方。那些光斑无疑来自于室外的强烈日光，以及它所经过的某些媒介所产生的效果。而且光斑最终也会消失，在接下来的一段较长的时间里，似乎没有任何变化。事实上我们难于察觉到事物之间微妙的变化。最后我们不再有耐心等待光斑的消失这一变化过程的最终完成。我离开了一直向下凹陷并且表现出相反作用力的真皮包裹的海绵坐垫，朝厨房走去，从冷水壶倒了一杯水，然后一口气喝光。

之后，我接到一个长途电话。

在我动身前的一段时间里，我整理了房间里混乱的物品，包括床铺、地上的烟盒和满是烟头的烟灰缸，床底下的纸片和打火机等。还给阳台上的植物灌足了水，直到盆底下渗出带污泥的水来。

有一点我不得不说的就是，在我趴在地上翻检东西时，发现了就在床底下不远的地方有（一时还看不清）一只用过的避孕套，它在我的手上时是干瘪的，沾满了灰尘和头发。里面的精液早已凝结成薄薄的一片，一碰就碎。

梁金山服务区，位于开阳高速开平市沙塘路段，于2003年9月3日正式营业。服务区占地120亩，附近主要有开平、恩平等城市。

我想这是我用过的，但我想不起来是哪一次了，完全想不起来当时的情景，以及之后为什么又会忘记处理这装满淡灰色液体的套套，以及它如何被人遗忘，落到一个阴暗的角落里。然后，找到一个谁也说不上是恰当或不恰当的机会在阳光下重现。

我想我来不及去做出种种似乎都合理的猜测了，就随手把手中的东西放进已装了些细小垃圾的塑料袋里。最后，拍拍双手，发现再也没有任何可收拾的东西时，就把塑料袋的两条拎带打了个死结，起身放到房门外的地垫上。

拿起背包锁了门就下楼了。

（你猜，我最后还是忘了什么？）

最后我还是忘了把装满垃圾，尤其是其中有一只用过的避孕套的塑料袋扔到楼下电线杆旁的公共垃圾桶里了。车一开，我就想到这点，我愣了一下。旁边的女孩在我们等车的时候已经搭上话了，看到我突然不说话就问我。一开始我并不想告诉她真实的原因，后来一想算了还是说吧。

然后，在头一个小时的车程里，我们基本上就围绕着干瘪的避孕套展开了对谈。

以下便是谈话的内容（我能够记住其中的部分是因为它们具有非常强的逻辑性，而且都很有条理）。

我忘了倒垃圾。

这也会让你挂心？

你知道吗？一开始我并不打算告诉你里面装了只用过的避孕套。

这也很正常。那你要告诉我什么？

我不知道。我想如果我打算不告诉你并且这样做了我就会知道。

那你担心什么呢？还木木地愣了好久。

是吗？我想不起来与它有关的一切了。

你有女朋友吗？

有。

简单地想那就是你们爱的剩余物啰。

（笑声）

如果真是那样就没什么好担心的了。

嘿嘿，那是另有其人？！

女人还真的敏感。

（这样说就等于是承认了？）

那你肯定知道是谁了吧，你只是不肯承认罢了。

在我认识现在的女友之前我的生活非常混乱，先后有过几个女友，有固定的也有临时的。

你倒是挺坦白的……所以你就搞糊涂了吧？

是啊，有时候一天是两个不同的女孩。

（短时间的沉默）

有一天，你和其中的一个女友回到房间里，一块洗了澡，或她先洗，你坐在沙发上看电视……

为了听到水声，我还把电视的音量调到最低……

（笑声）多半你们是一块洗了澡，两人在水汽蒸腾的浴室里玩尽了各种游戏……

我们还在大玻璃镜前的大理石桌面……

是啊，之后两人光着身子在房间的地毯上走动，顺手拍拍对方的屁股，或她轻轻地叫着要你抱她，她顺势一跃，双腿夹住了你的身体……

我倒在了床上扔得到处都是的衣服上，皮带的钢圈还顶了下腰，她趴在我的身上……

她咬着你的肩膀说还要……

于是我们又再做了一次……

这一次你们不可能用套，因为之前已经没用了，不可能……

是啊，那到底是哪一次呢？

要不你和其中的一个女友在床上，这时候响起了门铃声……

这太混乱了，也许最后就忘了处理装满了精液的避孕套了？

可接下来怎么办呢？

是啊，我也正想这样说。我手上拿着刚拔出来的套套，忙着穿裤子时掉地上了，然后无意识地还加上一脚……

问题是你还不知道是谁？

我从窗口往下看，其实只是一个男性朋友，但那东西已经掉到床底下了……

你为什么这么慌张呢？肯定是做贼心虚……

其实一直以来我都担心会出现这样尴尬的场面，谁知道……

你越来越投入了……

还有没有其他的可能……比如说……只有我一个人躺在床上，我给自己带了个套……

你眼睛直直的，望着落下的窗帘布……

窗帘上什么都没有，灰色的棉布，似乎从没有洗过……

　　……

然后车停了下来，乘务员拿起话筒说停车休息十分钟……

我想我们都沉溺其中，而且都为之目眩神迷，但只有一次，只有那么一次，我相信我走了神（我不知道她）。当我说到"只有我一个人躺在床上"的时候，瞥了下窗外，树木和山丘一闪而过。以我对这段公路的熟悉程度，我可以马上做出我们是在哪一个地段的准确判断，可以马上和一直以来建立的印象找到一个对应点。她倒是在整个谈话的过程中，一直轻轻地仰着头，看吊在司机头顶的电视机。偶尔回过头来向我这边笑一笑，其他时间都是对着面前的空气在说话。汽车在爬九江大桥的弯拱，我侧脸看着宽阔的江面上漂浮着的水草和各种生活垃圾。在我观看的时候，正好有两艘运沙船经过。她似乎也颇为理解我的这一行为，头也不回，一声不吭地看她的电影（这是我们长时间的谈话中唯一的一次中断）。

我知道上游或附近的某个地方一定刚下过雨，但这里的阳光仍然强烈，天上的云朵几乎不动。我回过头去追看刚刚过去的一朵云，它的形状也没有太大的改变。我相信是因为没有风，或风很小，所以……

然后车停了下来，乘务员说……

我们一前一后下了车，并排着向洗手间走去，最后各自消失在不同标志的灰色塑料门后。憋了许久的一泡尿使我待在里面的时间稍稍长了些，出门时，我突然感觉到有些空虚，就跟在同车的几个人后面先行回到车上。坐在向后调校过的座椅里，左手就放在旁边的空位上，人造革的皮面凉凉的。在毫无察觉的情况下，车上坐满了人，但我旁边的座位还是空的。乘务员口中念念有词，手指掰动着从我的面前走过，没有丁点的犹疑。可以非常清楚地听见她从一直念的双数突然转向单数，从22跳到23，并没有我预计中的24。我瞥了一眼旁边仍然是空着的座位。她动作迅速地向后车厢走过去，然后折返回来，走到司机的身旁说，开车吧人齐了。这一句话我听得很清楚，比刚才一直在我旁边说个不停的声音还要清晰。

车开动了，我像刚上车时那样愣了一下，但没有叫出声来。汽车摆动车身转入了高速公路，之后一直在主车道上匀速行驶，偶尔改换车道加速超越前面的车辆。我看起了之前一直没有留意的电影来，已经播放了大半，但很快地我就知道它大体上说的是什么了。

之后没有什么好说的，只有不断变换的电视画面，和最终推向结局的剧中人物的冲突。我跟在其他乘客的身后下了车，似乎还沉浸其中没有缓过来，就和从暗暗的电影院出来马上投身于强烈的阳光下一样，带点兴奋又不是很适应。

（再次进到室内的感觉也是一样）一路上受到强光的滋扰，一下进到光线昏暗的客厅，感到轻微的晕眩。站定时才听见有水声，再细听，还有人在哼唱着不成调的歌曲，听不清楚唱的是什么。我经由厨房走到洗手间的门前，门敞开着，里面水汽蒸腾。我在地垫上站了一会儿，透过磨砂玻璃可看到她的身影，光线黄黄的散射着，身体也是同样的颜色。

我在外面悄悄地脱光了衣服，内裤最后落到脚底的牛仔裤之上，没有发出任何声响，可能有但被水声掩盖了。我从两条裤管中抽出双腿，迈进浴室里，这时候她的头低俯着，浓密的头发向前披覆，把脸整个地遮住了。我不可能推开推拉门而不发出一点声音。她似乎也有所察觉，抬起头，双手拨开了湿漉漉的头发。我冲进水里，淋湿了身体，在水汽蒸腾的浴室里……

最后回到房间，光着身子……

我想到汽车驶达梁金山之前的对话，在我的脑袋里迅速地过了一遍。在意乱情迷的情势推动之下，我们又做了一次。

她在我的怀里睡着了。

我翻起身，趴在床沿往床底下看。

除了些可能是灰尘和头发的混合物较为明显之外，其他的就是散落各处的灰尘或头发了。

心理测试：一份字母表

　　我坐车从阳江往广州的途中，手头上一直拿着的杂志就是一本在等车时买的《城市画报》，也许是最新的一期，我没有留意封面上的日期。在汽车启动之后我随手打开了一直拿在手上的杂志，正好是对开的一页，还可以看见上下各一的排钉。这是一种心理测试。这一次有所不同，需要自己完成一系列自由联想的文字写作之后邮寄给据称是中山大学心理学系的胡杨教授，由他（她？）为你——做出解答。他（她）的回信将为你解开一直困扰你的心病。我在右面一页的最后一排找到了胡杨教授的联系方式。

　　简单地说就是根据 26 个拼音字母分别作为开头的第一个字的声母写下一段文字，长短不限，内容与最近发生的事情有关，事件不限，最后得到 26 段文字。

　　A "啊" 的一声之后，我们不约而同地站起来往窗口方向跑去。伏在窗台上向下张望，什么都没有看见，过了一会儿，才发现有人从巷子的那一头向这边走来，似乎什么都没有发生。

　　B 比如这是一个再也平常不过的夜晚，我们听到一声沉闷的叫声，但没有任何发现，然后开始怀疑自己的听觉有问题，但考虑到两人同时犯错，又认为这是不大可能的事情。

　　C 此时对面那间落下窗帘的房子黑乎乎的，之前好像还亮着灯。

D 地上有一摊茶迹，我低下头看自己的脚掌时发现它正缓慢地向旁边渗开。

E 呃，你还没睡啊，她进门时好像吓了一跳。当时我正在看书，听到她叫了一声才抬起头看着她。其实我早就听见她开门时钥匙撞击的声音了，之后弯腰换鞋也发出了一连串的摩擦声，然后是（应该是）蹑手蹑脚向房间移动的脚步声，虽然轻，在半夜里还是能够听清楚。

F 否认听到有"啊"的一声是没有用的。

G 该不是只有"啊"的一声吧？局限于听觉可能会被事物所蒙蔽，考虑到这一点，我们不再关心接下来可能会看到的什么，重新回到茶桌旁沏茶。我移动了右面的一个卒，向前一步。

H 和前一天相比，今天的天气凉爽，下午时阴沉了一会儿，从窗口望出去，看见楼与楼之间正好有一大片乌云迅速地飘移过去，后面紧跟着还是一大片乌云。

I

J 就在这时候，或者在此之后，天慢慢地黑了下来，路灯也在我不留神时亮了起来，直到我感觉到眼前一片昏黄才意识到这一点。

K 可能从右边街口（正缓慢地）走过来的人，之前还搭乘了出租车、公交车、地铁等交通工具（也许只是其中的一种）。下车后步行了颇长的一段距离。他的不紧不慢正好说明了他的内心平静，或身体疲惫。

L 留下我一个人在阳台上，客厅里，或卧室的床上：我观察着路过的行人、与人对弈或灯下看书。我听到了"啊"的一声或继续未完的棋局或抬起头看了她一眼，之后放下书，从床上起来进到盥洗间里。

M 每一次听见隔壁（打麻将的）洗牌的声音，都会想到一张台面为绿色的麻将台，以及围坐在四方桌的四人，男女各半或一男三女或其他可能的搭配。一共有几种？

N 能够在最短的时间内做出反应，无非就是从正相对应的皮沙发上起身，迅速地冲到阳台上，手扶铁栏杆向下张望或四处张望，自始至终不发一言。

O 哦（这一次我翻查了《现代汉语词典》，最终还是决定选用了哦一字，但不知道写什么好）。

P 譬如是下棋时对家的一声回应。那我一定在此之前还做出了某些举动：①或者是告诉他某件一直未了的事情的答案，正好印证了他的猜测；②或者我向前移动了右面的一个卒子，他条件反射地"哦"了一声；③或者，只能说我记不清当时的情景。

Q 亲了她一下，在她俯身把脸凑过来的时候，就在左边的脸颊上。亲的时候我们的脸颊相接。当时，我从床上起来进了盥洗间，出来时发现她一动不动地站在床边，一脸无辜的样子。

R 人来的时候，天还没有黑，走了之后，抬头看墙上的挂钟，时间已经是半夜两点三十七分。

S 是不是应该再翻看一下词典，查找以 S 作为声母的字也许会多达 500 个以上。它就在我的旁边，在我第一个想到"是"字的时候，它夹杂在其他文件夹和书的中间，失血过多的肝脏的颜色，在长条光管的光线下显出苍白的另一面。我这样写的时候已经决定不再翻看这本厚达千页以上的《现代汉语词典》。

T 特别要做出说明的也许是我在看了这个叫作"字母表"的心理测试的说明之后，当时我的第一反应是什么？也即是我想了些什么？……

可能习惯性地（间隔一段时间）抬起头，看了看车头上方悬挂的电视机，当时正在放映一部港产片，我已经是第七次或第八次看到这部片子（在车上）。周星驰的《喜剧之王》。越过前面的座椅和人头，我发现大部分乘客都在看电视，只有零星的几个人歪头睡觉。然后我把书合拢就插在前面椅背的杂物兜里，似乎在那一瞬间才做出了去到广州后才做这个心理测试的决定，一边想一边把头转向车窗。落下了窗帘布，两块窗帘布之间的空隙，可以看见车外的风景。我盯着看了一会，感到眼睛有点累，就合上了眼。

U 想不到什么？（我已经做出了不再翻查词典的决定。）

V

W 我（写下这个字的时候，抬起头看了一眼就在前面不远处的圆镜，我的整个脑袋都反映在里面，还留下了周围一圈的空白，不对，是其他事物的一些边缘或碎片，比如墙壁、窗帘、天花板等等）在这里不能说我最近有何困惑，这是心理专家胡杨的事情，况且我也不可能知道。写《字母表》之前我在阳江往广州的车上，到站时我换乘了地铁。由一号线转乘二号线，在中大站 A 出口，在代步电梯上还没有上升至地面时，已经感到有一阵水汽泼面而来。钢结构的玻璃门外是一个十余米的高压水柱。旁边的人对另一人说：一辆汽车倒车时撞倒了一个消防栓。

X 习惯上我会回避一些突发事件，然而当时我并没有马上离开，看着喷出的水柱和路边的路灯杆差不多高。

Y 眼睛湿了，头发湿了，脸湿了，身上的衣服湿了。

Z 最后选择了离开。一名交警和几名工作人员在新港西路的车道上，打着手势指挥正准备进站的公交车。在工作人员的指挥下，到站的公交车按顺序一辆辆排队入站，乘客上下车后，公交车不做多余的停留，立即启动开离车站，我也在其中。

以上内容写于 9 月 14 日，写完之后发现这是英文字母的顺序（其实写到 U 的时候我已愕然于这个问题的存在——U 在汉语拼音里只作为韵母出现，V 却是一个不存在的字母），正想改的时候意识到这对于心理专家来说，不定也是一个暗示，决定到此为止，维持原样。写满八页的信纸已于次日上午以挂号信的形式寄往胡杨教授处，我等待着他（她）的回音。

河流

在桥上的两人正往水里扔石子，身体向前倾斜着越过了栏杆，这样的姿势长时间保持着，除了偶尔仰身扭头向后。桥面上单行的车辆不断地在身后驶过，和桥下的流水一样，只有一个方向。石子落下，水面溅起水花，形成小范围的波纹，迅速地被水流夹带前去。可以想象石子落向水底的过程：被来自垂直方向的作用力推向前，然后才缓慢地沉落水底，和沉积的淤泥及其他垃圾掺杂在一起，极有可能落到一只用过的避孕套之上（这属于过度的被用滥了的想象力）。

在桥底的人则自始至终没有离开过中午垂直的阳光形成的阴影。溅起的水花也并没有能够射到他的身上。船被固定在桥墩露出的钢筋上。麻绳打了不止两个结。持续不断的水流的冲力已经使得绳索绷紧。

他稳稳地坐着，直到阳光消失，被人造的瓦斯光线替代了。

打开的窗户面向街道，一直以来闹市的喧嚣从来没有停止过对房屋的侵扰。他从放下手中的电话开始就一直在等待她的出现。俯身趴在窗台上直到可以从人群中辨认出她来。她穿着短裙和衣领上带人造绒毛的大衣。借着路灯可以清晰地看见衣着的颜色，没有超出之前的猜测，也就是说没有任何意外之处。也许头发的颜色改变了，这个不能确定，要等上楼了站在对面，而且是在室内光管白皙的光线下才能确定。她消失于垂直下方的门洞时，他还是感到了心跳速率的变化，血液的流动似乎变得混浊和黏稠起来。

他再次把手插进了水里，水温的变化并没有想象中的明显，或者水温下降了，感觉并不灵敏的双手没有能够辨别出其中细微的差别。在水流的冲刷下，双手稳稳的并不为之所动。

桥上的两人早早地回到其中一人的家中，没有在路上停留。在其中的一段路程受到了稍稍干扰，几个三四岁的儿童抱着他的双腿，叫嚷着要他买玫瑰。最后走在拱廊底下的两人手中多了一枝用塑料纸包扎的玫瑰。玫瑰的叶边已经发黑。在进门的第一时间插进了边上的垃圾桶，之前里面空荡荡的并没有任何东西。他还俯身看了看才松手。除了门在身后合拢时的碰撞声还有微弱但清晰的金属撞击声，只响了一下，相信只有低下头做动作的人注意到了，另一人已经换了棉拖鞋向窗台走去。老式木结构的玻璃窗要用双手向外推开，有一种张开双翼向前飞行的冲动。他想到了出门之前双手收拢，他一身黑衣，就像一只蝙蝠飞进了一个瞬间变黑的岩洞。灯灭了，双眼一下子难以适应眼前的黑暗。

站着一动不动。

从没有像今天这样，丝毫没有察觉到天黑了，路灯亮了，而且在毫无意识的情况下，伸手过去，扯亮了台灯。这样的状况一直要等到电话铃响才有所改变。然后仰身向后，头靠在皮垫上，等待着预计中的十分钟时间的流逝。这个时候，墙上挂钟摆动的声音也才清晰可闻。接下来从床上下来走到窗前，头探向窗外，双手就垫在窗台油漆剥落的窗框上。

还有什么是不能确定和难以预计的呢？头发的颜色确实染了金色，但也只是淡淡的，并没有改变黑发的性质。没有抱着明确的目的可能发现不了这样细微的差别。接下来的谈话也的确是从头发这个话题开始，谈到了最近发生在两人身上的变化。她马上纠正了最近一词，"最起码也已经半年了"。她说这话的时候，他一直盯着她的手指看，就放在右腿上，微微拱起的手指下细腻的皮肤反射着柔和的光。突然间他很想得到一个确定的回答，就是她实际上穿了丝袜，只是薄至不可见的程度（在浴室里，对着蒙上水汽的镜子，在防雾灯的光线下，稍稍改变了皮肤的颜色。先是站着不动，看着镜中赤裸的身体，眼睛也不眨一下，直到从旁边的不锈钢架上取下纯棉的黑色短裤穿上，正好遮住了阴阜浓密的阴毛。再伸长了脚，放上盥洗台的桌面，从脚趾开始，把卷成一团的丝袜慢慢展开，紧贴着细腻光滑的皮肤。在偏黄和温暖的光线下，几乎就无法分辨）。还没有来得及说出口，就被引至另一个非得打起精神应付的话题。

开始的时候还是下午，现在是晚上七八点，从她钻进楼下的门洞开始计算，过了大约六分钟，身后响起了敲门声。很奇怪，先是一下，再两下，然后是连续三下。他从窗台上抬起向前趴的上半身，扭身向后时，明显地感到了躯体的重量和喘息。这和后来在床上时的感受是如此相似，以致有那么几分钟的时间，他精神恍惚，想着刚进门时，她把他推倒在地板上。

　　她躺在他的身上一动不动。下巴抵着肩窝，头顶贴着他的左脸颊。室内的安静使得一开始急促和粗重的喘息变得平缓和细微。他闭上眼，倾听着彼此的呼吸声，正好错开。他屏息等待了一秒，或者还不到一秒，然后两人的呼吸节奏达成一致。很快，就再也不用这样专注地去想着彼此的呼吸声了。他感到胸口起伏的同时，她位于肚腹之上的柔软的一团正好处于轻微地向上收缩的过程。

　　在入睡之前短暂的时间里，他的眼前还浮现了平缓的河水向前流动的图景，只是对岸的事物略显模糊：树影、人物和栏杆，流水夹带着的塑料袋被拉近至眼前，像一个特写，清晰可见。这样单调的图像催人入睡。醒来的时候很突然，应该是一下子意识到身上的负担变轻了才乍醒。掀开身上的床单，双脚放到地板上。大理石地面积聚的凉气直透头顶，这样，似乎比平躺在床上望着天花板时要清醒。

　　桥上的人长久地注视着始终平缓流动的河水，偶尔从口袋里掏出石子扔到水里，石子迅速地沉入水底，消失。后来变得混浊，确切地说是变得像墨水一样黑的时候，他看了看手上的不锈钢腕表，要借助于路灯昏黄的光线，钢圈的反光一闪，最直接的反应就是紧闭上眼，等待着。

身后桥面单行的车道上行驶着出城的车辆。一辆豪华大巴经过时掀起了一阵猛烈的风。车上靠近右侧窗口就座的乘客中，有一人一直在留意窗外的风景，这时候，注意到桥上站立的一男一女，手扶着表面是石米的水泥石栏杆，身体前倾，似乎正往水里扔东西。汽车经过他们身边时带起的阵风掀起了两人衣服的下摆。还来不及看仔细，车已经越过了桥拱的最高处，向下俯冲。他掉头看见了其中一人的侧面，在昏黄的光线下，同样也是看不清的，只留下了一个模糊的印象。回过头想着自己也曾经像他们一样，光裸的手臂并排放在栏杆上，承受了身体一半的重量，粗糙的石米深深地镶进肉里，留下一个个小陷坑，呈现了毛细血管下皮下破裂淤血的暗红色。直至觉得手臂酸麻了才把手移开。

在吹着空调冷气的汽车里，小说放在他的膝盖上，他抬起头看见前面车头顶部悬挂的电子钟，红色的四位数字中间用冒号隔开。还有七分钟的时间。低下头拿起书本，一打开正好是书签分开的两页。用作书签的衣服标签上的中英文内容，他也是第一次留意到。他翻过来看标签的背面：只有一个抽象图案。正要从左面的那一页开始看，寻找上次停下的段落。这时候旁边空着的座位前站了一人在往头顶的货架放行李。他抬头看时她正好也往下瞧，双方都露出了笑容。接下来她重重地坐在了绿色皮面的座椅里，好像累坏了的样子。

在车站人头晃动的候车室，所有的座椅都坐满了人。他卸下了一只肩膀上的背包吊带，停下脚望了一下四周，找不到一张空的座椅。只能站着，从口袋里掏出车票，确定了开车时间。还好，透过大幅的落地玻璃，正好看见摆头的绿色巴士，摆正车身，向前开进黄色油漆线划开的七号区。正在转弯时，已经可以看清车窗左上角的楷体红色中文字。两地的地名用横隔线连接。车还没有完全停稳，就看见不断地有人向验票台前走来，围绕着形成一个（四周不平的）扇形的面。时间还早，本来还打算找个座位坐下看一会书，现在似乎上车再看显然更可取。

尽快找到上次停下的地方，好像就是这里，视线再往上移动，找到一个似乎能够调动起记忆的段落。

两个人过桥往对岸走去，在中途停下来，转身靠在栏杆上，迎向水流的方向。

旁边的中年妇女说，在看书？他抬起头看看她，然后又再低头看看书，把书递了过去。现在书在她面前，保持着打开的样子，只是比刚才稍稍地收拢了。右手的拇指夹在中间。她伸手拿过来时书一下就合拢了，之前打开的一页消失在他的眼前。他的另一只手拿着作为书签的衣服标签，这肯定让他感到焦虑。很快，她已经在念书名了，然而作者的名字更吸引她，反复念了好几次。

如果身体不向左边移动一下，就这样伸手过去，手绷得直直的，还是够不着。没有办法，只得紧贴着床单，靠背部用力向台灯的方向挪动了几下。嘀答一声，接通了电源，纤细的电热丝抖动着，密封的氖气变得通体透亮。光线。食指和拇指还拿着台灯拉绳的锥形塑料头。等待着。头靠在床靠拱起的海绵体上，向右面倾侧。

天黑了，路灯亮了。窗台正好对着一盏路灯。从床上下来走到窗前，头探向窗外，双手就垫在窗台油漆剥落的窗框上。

桥上站着的两个人，远远看去，黑乎乎的看不清楚他们的面孔。他们似乎一动不动。身后不断有汽车开过，也有人在人行道上走路。来往的人并不多。河水在夜色里变得黑乎乎的，路灯的光线并不足以照亮。楼下的车辆稀少，只有岸边的行人穿行在树影下。叫卖糖水的老人抬头看了看，然后继续推着单车往前走。

然后出现了一个长达十分钟的空档，意思是说，在接下来的十分钟的时间里，楼下的街上没有出现任何走动的车辆和行人，树也稳稳地在地上投下阴影，再过去缓缓流动的河水的声音几乎等于无。这样，桥上两人站立不动的画面似乎一下子变得凝固起来。桥面上行驶的车辆不断地将车头灯的光柱射向半空，又再消失于不可见的黑暗。一阵连绵不断的轰鸣声则占据了整个画面微微发红的背景。

之后响起了敲门声。先是一下，再两下，然后是连续三下。

　　石子从桥上落到水面，似乎经历了漫长的过程。之前的响声没有留下任何痕迹，等待着，下一次溅起的水花带来熟悉的声音。再过去五米的水面被桥上的路灯照亮。

　　走走停停的两人，一边打量着四周，还是随时能够发现有人走路。在更暗的远离路灯的街巷拐角，他把手放在了她胸前的隆起处。她有意无意地每次总是能够避开他的手，拉扯着向前走。又再来到路灯照明的范围内，在路边的一张铸铁长椅上坐下。他随即转身搂住她的双肩。这一次没有受到明显的拒绝。一张脸向另一张脸贴过去，追逐着，找到另一个人的嘴唇，形成一个封闭的空间。身体开始变热，并且听见心跳加速的声音。汽车的头灯和舞台上的聚光灯具有同样的效果，使他们成为空无一人的街道的中心。照亮，很快的又再迅速地变暗。其中的一辆，应该是最后的一辆车发出嘀嘀的声音停在前面。不断晃动的红色光影照花了眼睛。接下来的几秒钟里，两人互相对视。什么都没有发生，这辆会发光和发出恐怖叫声的警车向前猛冲。某种东西被撕破了。他们拉扯着起身继续跌跌撞撞地走着。睁眼看着黑暗中逐渐变得清晰的事物，然后又再闭上眼，拐进了一条小巷，在阳台的阴影里，迫不及待地抱在一起。他开始将扯下的衣服往身后扔。这时候更暗的地方突然传出一声咳嗽声。他们在受到惊吓的同时把对方推开。

地上被风吹翻聚集到一起的纸张和空易拉罐，眼前体量庞大的建筑遍布各处的阴影和散射的光线，以及更加细长的人的影子，像一张照片在迅速地褪变，变灰，然后是漆黑一团。浑浊的水中漂浮的事物在等待潮水的降落。我穿行其中，在一盏范围狭小的灯盏的照明下，发现自己赤裸的下身，腹股沟处的皮肤光滑而干燥，然后一股温热和淡黄的尿液喷涌而出。

应该是一下子意识到身上的负担变轻了才乍醒。掀开身上的床单，双脚放到地板上。处于黑暗中的物件才逐渐地显露出它们的外形轮廓。书架、冰箱、墙上的挂画，旁边的世界地图，与墙面形成一个直角的书桌，桌上的整幅玻璃，还有上面的一盏白色灯罩的台灯，光线昏暗使得一本词典的视觉效果变得沉重，似乎是一块砖石。视线所及之处，还找到了门后墙角的不锈钢垃圾桶，空空的，似乎还能发现点什么，久久地凝视着。

一枝叶边发黑的玫瑰花，现在是全黑的。

在绿色皮面的座椅里，感觉到已经凝结的黏液在裤裆里开始剥落和碎裂。在干燥的空调冷气里，再一次把手探向裤裆。

车内安静下来时，可以听见空调冷风吹动的声音。

现在汽车已经驶出了城区，经过郊区成片的工厂和毗连的农田，在一个缓坡向上的路口右拐，再过去就是新修的收费站，司机从摇落的窗口伸手拿卡。脚板暗暗用力，踩压着油门，仪表上的指针慢慢偏移，然后停在数字 100 的刻度上。头顶的射灯突然熄灭。在外部柔和的光线下，并不足以看清书上的文字。她把书递给邻座的他，他则把书签插进去，并不管是其中的哪一页，反正到了再找找，也许还能够记起来。

接下来的谈话也的确是从刚才翻看的小说这个话题开始，然后逐渐地偏离了方向。方向盘在司机的手下不时地按照顺时针或逆时针转动着。

他抬手看了表，带荧光的刻度清晰可见。

涂上光油接近原木颜色的木门反锁之后，不足半平方米的空间只有顶上一盏灯泡散发出黄色微弱的光线，似乎处于夜晚之中。而在进来之前，还能感受到窗外强烈的光照，室内和室外几乎毫无二致。只有偶尔的后来者才会打破目前的宁静。敲响瓷砖地面的声音，一股细小水流的声音，还有之后龙头出水冲刷洗水盆的声音。可以想象某人在镜前甩动双手，然后用手指拨动头发的情景。他们拥有和你同样的性别。至于另一种更为隐秘的动作，发生在只有一墙之隔的另一个空间里。室内的装饰应该不会有太大的差别，只在一些细小的用具上，比如厕具旁边会有一个塑料桶，内装一个打开的黑色塑料袋，开口翻转，还有……

同一天，不同的情景，发生在厕所单间的门板之后，蹲下时就能听见疾速的带有回响的冲水声。有人起身离开，在活动酸麻的腿脚时，拉下绳索，水箱里多达三公升的水通过细小的管道喷涌而出。有时候没有及时扭转身体，可以看见急迫的水流翻卷着排泄物和白色揉皱的卫生纸，瞬时间被吸入了下水道。同样的声音也响在另一位如厕者的脑际。我起身拉起裤子，有一种如释重负的轻松感。似乎不愿离开，因为里面的安静和其中的一股清洁剂的气味。

现在似乎可以把窗关上了。

桥上的两人在走下坡路，到达了对岸。桥底下的小木船松开绳索，现在顺流而下。不可能没有听到敲门声。响了一、二三、四五六下。

从床上起来时天亮了。

我上了车，随即被推挤着往车厢的深处去。汽车再次摆动，进入主车道，之后保持着匀速向前行驶。靠站下车清空了大半个车厢，我在最后一排找到了一个座位。这时候才发现出了一身汗，把整个后背都弄湿了，现在和皮面的椅背粘在一起。我俯身向前，感觉到似乎有人在摸我的后背。我侧脸看见边上的女孩正伸过来的另一只手，绕到身后两只手紧紧地缠在一起。我被抱紧的同时抬头看了看前面，似乎没有人留意我们。她已经坐到了我的大腿上，开始腾出一只手来拉扯我的裤链，从里面掏出已经勃起和变得通红的器官。她的裙子底下并没有任何障碍物，可以轻易地进入她的身体。她掌控了整个局面，包括随后的一系列抽动和抓挠的动作。在快感来临的同时，我们一块大喊。我虚弱（全身被抽空）地往后靠，看见一双双眼睛黑色的眼珠，好像在一片惨白的天空迎面飞来的陨石。

我抱起她放到一边，拉上裤链，然后起身向后车门走去。过道上挤拥的人自觉地紧缩身体，让出空位。我没有一刻回过头去，一直往前走。在门前等待了一会儿，直到汽车停下。

在当天的晚报上，我看了关于"公车上亲热的男女引起公愤,还动手打人"的报道。当时我在书报亭买烟，顺便买了一份报纸。站在路边就着路灯看了起来。车上的一对青年男女手扶铁杆，一只手绕过对方的腰肢在接吻。接下来可能还在对方的身上不停地爱抚。这时候一个急刹车，不知道谁的脚踩在了一个中年妇女的脚上。因此而引发了争端——本来之前的亲热行为已让人难以忍受——他们吵了起来。行动进一步升级，最终导致中年妇女被打致重伤——男青年追下车去一阵拳脚。我把报纸翻至另一页,把手上的烟头扔到前面的一摊积水里。在路边的巴士站等待着。

如果算上这天下午，阳光还算明媚，我正打算穿过一片树林。

地上灌木丛生，茂密的树木投下阴影，形成一条阴暗的林中小路。在行走的过程中，不断地被横斜的树枝刮擦着脸颊。我越走越远，透过曲折的小径的林木之间的空隙，似乎可以见到前面的一片林中空地。地上长满了阔叶和低矮的不知名的草。从它的整齐划一来看应该是人工种植的草皮。中间高耸，然后向四周低矮下去，形成一个小山坡。在它的周围间隔地分布着粗壮茂盛的榕树。我顺沿着小径的弧度，并没有取直线的捷径。在我登上面前的小山坡以前，并没有察觉四周有人存在。我在高处正想坐下，突然看见了背靠榕树的身影，似乎是一个女人，再看清楚时，似乎是一个熟悉的背影。在我向她靠近的过程中，她似乎也在采取着某种行动。我正想拍她的背吓唬吓唬她，这时候她突然转身，我的手还停留在半空。她迅速地取下脸上的墨镜给我戴上，并开始解我身上的纽扣。我的紧张和无动于衷无疑增强了身体的反应。就在我光着身体站立的时候，她接下来脱自己的黑色小背心和牛仔短裤。我开始颤抖，迫不及待地把她掀翻到地上，在一阵急促的铃响中抖动着，大腿根部一片潮湿。

眼睛觉得痒的时候，我揉了揉眼睛，揉的是左眼，揉的时候连右眼也合上了，现在只留剩下轻微刺痛和发热的感觉，继而是因近视微微凸起的眼球在指关节的揉弄下更加凸显了出来。在左眼球发痒的某一个小面积的区域现在变得刺痛和发热，轻微的……

睁开双眼之后，又再看见耀眼的阳光，觉得眩目和酸软。眼泪马上流了出来，用手擦了一下，脸上湿湿的。先是有人碰了一下肩膀，我睁开眼，看见面前伸过来一张折叠成方形的纸巾。我注意到大拇指的指甲被咬过的地方留下凿状的不平凹凸。继而抬起头看见就在对面的她。

在对方伸手过来的时候松开手指。现在她的手上空无一物。在抽手回来的过程中，手指合拢，近乎于拳头状，但内里明显是空的，并没有完全地合拢，只能说还有着空气的残余。后来右手垂下，就在身体的一边，和左手一样，对称地分布在两边。

双手的摆动和双腿的节奏保持一致。从这里到那里，只有不到五十米的距离。她俯身向前，双手的肘关节支在堆叠起来的报纸和杂志上，手掌打开托住了两腮。从侧面看，无法在五十米之外的空地上辨认出说话时细微差别的嘴型。她再次回到原地，手上拿着一份报纸。

两人之间的水泥地面上积聚了一小堆落叶。风不断地把枯干的树叶从联系松懈的枝干上吹落。有几片轻轻地击打着人体，掉落到地上。因为身穿外套的缘故，并不能感受到这种意外的撞击。整一个过程尽收眼底。视力的逐渐恢复使人可以长时间不眨眼地注视。